CUANDO LA AMISTAD ME ACOMPAÑÓ A CASA

una novela
de **PAUL GRIFFIN**

Cuando la amistad me acompañó a casa

DEL NUEVO EXTREMO

Griffin, Paul
 Cuando la amistad me acompañó a casa / Paul Griffin. - 1a ed . -
 Ciudad Autónoma de Buenos Aires : Del Nuevo Extremo, 2016.
 256 p. ; 21 x 14 cm.

 Traducción de: Martín Felipe Castagnet.
 ISBN 978-987-609-660-7

 1. Narrativa Infantil y Juvenil Estadounidense. I. Castagnet,
 Martín Felipe, trad. II. Título.
 CDD 813.9282

© 2016, Paul Griffin

Título en inglés: *When friendship followed me home*

© de esta edición, 2016, Editorial Del Nuevo Extremo S.A.
A. J. Carranza 1852 (C1414 COV) Buenos Aires Argentina
Tel / Fax (54 11) 4773-3228
e-mail: editorial@delnuevoextremo.com
www.delnuevoextremo.com

Imagen editorial: Marta Cánovas
Traducción: Martín Felipe Castagnet
Correcciones: Mónica Piacentini
Diseño de tapa: Danielle Calotta
Diseño interior: ER

Primera edición: junio de 2016
ISBN 978-987-609-660-7

Reservados todos los derechos.
Ninguna parte de esta publicación puede ser reproducida, almacenada o
transmitida por ningún medio sin permiso del editor.
Hecho el depósito que marca la ley 11.723

*Para Risa, con todo mi amor,
gracias por dejarme viajar en el tiempo contigo.*

Para mi hermanito John, superhéroe.

Luke Skywalker: ¿Qué hay allí?
Yoda: Solo lo que lleves contigo.

La guerra de las galaxias
Episodio V: *El imperio contraataca*

1
CHUNKY MOLD

Tienes que estar loco para creerle a un mago. Aprendí esa lección de la manera difícil. Después, si pueden creerlo, me convertí en el asistente de un mago. Eso fue culpa de la Chica Arcoíris, pero el resto es culpa de un perrito llamado Flip.

Los problemas empezaron el segundo viernes de séptimo grado. Damon Rayburn me sacó de un empujón de la cola del almuerzo.

—Gracias, Coffin —me dijo.

—¿Por qué?

—Por ofrecerte a comprarme una porción de pizza.

Si creen que una pequeña amenaza como esa alcanzaría para cederle mi almuerzo a un idiota como Damon Rayburn me conocen bien. Me dio una palmada en la nuca y se puso en el primer lugar de la cola.

—Eres quince centímetros más alto que él, Coffin —me dijo un chico quince centímetros más bajo que Rayburn. Se llamaba Chucky Mull, pero todo el mundo lo llamaba Rechoncho Moho[1]—. Deberías haberlo golpeado. Ahora sabe que puede presionarte cada vez que quiera.

---

[1] Chunky Mold.

—Permíteme citar a Yoda en *El imperio contraataca* —dije—. Un Jedi usa la Fuerza para conocimiento y defensa, jamás para atacar.

—Estabas llamado a defender tu inalienable derecho a comer una pizza de albóndigas. Yoda también dice que no seas un debilucho.

—Yoda nunca usa la palabra *debilucho*.

—Dice: "El miedo es el camino al lado oscuro". Hola, ¿*La amenaza fantasma*, te suena?

No había forma de ganarle a Moho en estos temas. Tenía las camisetas de las películas, ¡hasta las sábanas! Lo apuré hacia nuestro sitio habitual, allá lejos en la esquina oscura junto al contenedor de basura en el que nadie tiraba basura. La mamá de Moho había pegado una nota en el papel film que apenas lograba cubrir el sándwich de treinta centímetros de largo. Decía "TE QUIERO ☺". Chucky arrugó la nota y se metió un pedazo de sándwich en la boca.

—¿Alguna posibilidad de que consideres compartirlo conmigo?— pregunté—. Vamos, Moho, nunca serás capaz de comerte todo eso.

—Obsérvame y aprende. Uf, ahí viene.

La directora Pinto se acercaba a nosotros. Era realmente bonita para una directora, incluso para un ser humano normal.

—Hola chicos —nos dijo.

—Bien, ¿cómo está usted? —respondió Moho.

—Si alguna vez necesitan algo, pasen por mi oficina, ¿okey?

—Usted también —dijo Chucky.

La directora Pinto me palmeó el hombro mientras se alejaba.

—Te recontra tocó—dijo Chucky—. Tú, un perdedor, acariciado en el hombro por la directora P. Le mandé un guiño hace casi cuatro horas. Ninguna respuesta. ¿Por qué me miras así? ¿Es que no conoces el emoticón?

—Sé lo que es un guiño. Lo que no puedo creer es que le hayas enviado uno.

—¿Por?

—Es mayor que nosotros. Moho, tiene como *treinta*.

—No es lo que piensas. En Facebook el guiño es un símbolo de respeto supremo. Como cuando alguien te inspira, le mandas un guiño. Es verdad, eh. Es una antigua costumbre que se remonta a la época clásica, griegos y *rumanos*. Es como si le hicieras una reverencia para reconocer su genialidad.

—¿Entonces por qué no enviarle una reverencia?

—Porque no hay emoticón de eso, idiota. Solo porque tenga un trasero recontra asombroso no significa que no pueda ser mi heroína también, por su, ya sabes, increíble sabiduría y todo eso.

—Claro, porque a eso le guiñaste el ojo: a su *sabiduría*.

—¿Qué sabes tú después de todo? Ni siquiera estás en Facebook. Juro que es cierto. En muchas culturas es considerado grosero *no* enviar el guiño.

Chucky alejó de un manotazo la mosca atraída por la mantequilla de maní que le había quedado en la boca, como si fuera un moco.

Tuve que creerle, primero porque si bien es posible distinguir cuando alguien miente, él realmente creía que estaba diciendo la verdad, y sobre todo porque tenía razón en que no tenía Facebook. Todo el tema *amigos* realmente no existía.

Incluso Moho era más un fastidio que un aliado. Me había mudado al barrio hacía menos de dos años. En un año mamá y yo seguiríamos viaje hacia Florida, justo después de que se jubilara. "Podemos vivir mucho mejor allí porque es más barato", decía. ¿Para qué molestarme en hacer amigos si me iba a ir tan pronto?

—¿Ni siquiera un mordisco, Chucky? ¿De verdad?

—Sigue soñando —dijo, o algo parecido. No estaba seguro con tanto sándwich atascado en su ortodoncia.

2

HEREDERO DEL IMPERIO

Mi estómago gruñía cuando la última campana nos liberó para todo el fin de semana. Caminé por la costanera en dirección a la biblioteca. La señora Lorentz siempre tenía un plato de galletas con chocolate en el mostrador de entrada.

Me sentía bastante animado, considerando que había sido despojado de mi dinero para el almuerzo. No puedes estar triste en Coney Island un despejado día de septiembre. El océano resplandecía. El aire olía dulce y salado. El audiolibro que escuchaba estaba acercándose al clímax. No podía ser sorprendido caminando por ahí con un libro *libro*, por supuesto. Sería como rogar por un calzoncillo chino. Subí el volumen de los auriculares para escuchar *Heredero del imperio*, de Timothy Zahn. Las cosas se veían realmente mal para Han Solo. Los cazas de Thrawn rodeaban al Halcón Milenario. El sonido terminó de golpe cuando alguien a mis espaldas me quitó los auriculares de la cabeza.

—¿A quién se le ocurre comprar auriculares amarillos? —dijo Angelina Caramello. Era realmente bonita, aunque fuera amiga de Damon Rayburn—. Parecen limones brotando de tus orejas.

—Además te salteaste un agujero del cinturón —dijo la mejor amiga de Angelina, Ronda Glomski, dando un tirón en donde había quedado suelto—. Realmente no puedo entender cómo has hecho para saltearte un año. ¿Cómo puedes ser tan patético y a la vez tan adorable?

—Iuú—dijo Angelina, y me arrojó los auriculares. Luego Ronda me dio un empujón tan fuerte que se me escapó el chicle de la boca.

Tenía que prestar atención a eso. Ronda Glomski, la onceava chica más hermosa del grado, había dicho que yo, Ben Coffin, no era del todo desagradable. Incluso cuando prácticamente me había tirado justo después de decirlo y a pesar de que su nombre sonaba bastante asqueroso. Ya sé, como si yo tuviera derecho a opinar siendo que mi apellido significa ataúd y recuerda el lugar de donde se escapa un zombi. Seríamos perfectos el uno para el otro, si dejáramos de lado que Ronda se comportaba tan cruelmente.

De reojo vi cómo se acercaba Rayburn, y eso significaba que debía irme, y rápido.

Estaba un poco ahogado cuando llegué a la biblioteca. No quedaba demasiado lejos, pero el asma me golpeaba el pecho y había olvidado el inhalador. Afortunadamente lo tenía la señora Lorentz.

—Te lo dejaste de nuevo en el alféizar de la ventana —dijo mientras me acercaba un libro—. Necesito que leas esto. Mi hija no deja de hablar de ello. Querría una segunda opinión antes de ponerlo al tope de mis próximas lecturas.

Era *Plumas* de Jacqueline Woodson.

—No parece muy sci-fi —dije.

—No vas a explotar si lo lees —contestó la señora Lorentz—. Te va a encantar, Ben, créeme.

—¿Después de decirme que no lo leyó?

—¿Por qué sigues hablando conmigo cuando deberías estar leyéndolo?

—Lo escribió una chica —dije.

—¿Y?

—Quiero decir, soy un chico.

—Llévate algunas galletas, *chico*. Y sí, puedes dejar la salida de emergencia entreabierta.

Me permitía hacer eso en mis días de asma. La brisa se sentía bien. No lo sabía entonces, pero el haber sido demorado por Angelina y Ronda, lo que me llevó a ser perseguido por Rayburn, que me activó el asma e hizo que pudiera dejar entreabierta la puerta trasera, estaba a punto de hacer que mi vida cambiara por completo.

Sostuve la puerta con uno de los mugrientos tomos de la enciclopedia que la señora Lorentz siempre intentaba encajarnos (volumen 10, de Gargantuélico a Halitosis) y me senté en mi mesa escondida del fondo. Allí las paredes estaban serigrafiadas con imágenes gigantes, fotografías de los viejos días en los que Coney Island era la playa más famosa de Norteamérica. Mi favorita se llamaba *De noche en el país de los sueños*. Mostraba cómo se veía en 1905 el Luna Park, el parque de diversiones justo frente al océano. La torre brillaba como un sol suave. Piensen en miel iluminada con la clase de electricidad que habría en la mente de un ángel cuando está deseando que te ocurran las cosas más bellas posibles.

Respiré a través del inhalador y ojeé *Plumas*. La portada estaba ilustrada con —sorpresa— una pluma. Nada de naves espaciales, ni la Estrella de la Muerte explotando, ni siquiera una maldita espada láser. La historia era algo así: entra un nuevo chico a la escuela. Algunos lo llaman el Chico Jesús, otros piensan que es un raro y lo molestan mal todo el tiempo. Me sentí identificado. No estoy hablando del bullying pero sí de sentirse un extraño, a veces incluso para mí mismo. No sabía cómo encajar, ni qué ser o hacer de mi vida; me sentía un error.

Al poco tiempo estaba en la última página. Era el tipo de historia que termina demasiado rápido y te deja preocupado por los personajes y qué va a pasar con ellos, casi como si fueran tus amigos pero sin la parte molesta. Frannie, la narradora, quiere ser escritora. Su profesora le cuenta que cada día viene con sus momentos especiales y que ella tiene que estar alerta y anotar esos momentos para después. Estuve de acuerdo con eso. Estoy seguro de que Timothy Zahn hizo algo así cuando escribió *Heredero del imperio*. Pero tuve que parar cuando leí la siguiente cosa que la profesora de Frannie dijo sobre los llamados momentos especiales: "Algunos de ellos serán perfectos, llenos de risa y esperanza y luz. Momentos que permanecerán con nosotros por siempre jamás".

Eso era mentira. Nada dura para siempre. Es un hecho científico. Las cosas ocurren y terminan y no las puedes traer de regreso.

Einstein dijo que podemos viajar al futuro, y los astronautas lo demostraron. Sincronizaron veinte relojes y llevaron otros veinte al espacio. Pasaron seis meses viajando a 27 mil kilómetros por hora, casi 8 kilómetros *por segundo*. Cuando aterrizaron, *todos* los relojes del Centro de Control estaban .007 segundos adelantados con respecto a *todos* los que habían viajado al espacio. Búsquenlo si no me creen. Esto significa que si viajas realmente rápido, como a la velocidad de la luz, cuando vuelvas a la Tierra los relojes estarán años y años adelantados, y te habrás escapado hacia el futuro. El problema: Einstein usó los mismos cálculos para demostrar que nunca podemos volver al pasado.

Me quedé mirando la imagen del Luna Park en 1905. Nunca podría estar allí. Nunca podría sentirme a salvo, con esa luz dorada y plateada sobre mi rostro. Nunca podría ver el mundo desde la cima de la torre. Nunca podría creer que la magia era real.

Un gato siseó del otro lado de la salida de emergencia y se echó a correr por el callejón. Luego escuché ese sonido macabro que hace un gato cuando enloquece, como si lo poseyera un demonio.

3

EL DEMONIO, EL PERRO Y LA DIVA

Salí al callejón. El gato estaba dándole una verdadera paliza a un animal mucho más pequeño, lo raro era que ese otro animal era un perro.

Ahuyenté al gato. El perro estaba hecho una piltrafa temblorosa. El pelaje estaba lleno de alquitrán; la lengua le colgaba a un costado de la boca; los ojos rígidos apuntaban hacia los costados; tenía el rabo recortado y torcido, por lo que alcanzaba a divisar, ya que lo escondía entre las patas. Estaba muy escuálido: como mucho debía pesar un poco más de tres kilos. Tampoco era demasiado joven, ya tenía el hocico canoso. Me acerqué a acariciarlo. Me esquivó y se escapó por el callejón. Intenté encontrarlo, pero ya se había ido.

Le devolví *Plumas* a la señora Lorentz.

—¿Y? —preguntó.

—Me hizo sentir molesto.

—Eso es genial —dijo.

—¿Genial?

—¿Por qué te puso molesto, Ben?

—No estoy seguro. ¿Podría guardarlo por mí?

—¿No prefieres llevarlo a tu casa?

—Me olvidé la mochila.

—Pesa 127 gramos, sin mencionar que se titula *Plumas*. ¿De verdad no puedes *cargarlo*?

Miré a través de la ventana. Un grupo de chicos pasaba el rato frente al buzón de periódicos gratuitos que todo el mundo usa para tirar basura. Me quitarían *Plumas* y lo destrozarían, y entonces Frannie y el Chico Jesús quedarían hechos pedazos, a merced del viento.

—¿Cómo sabe que pesa 127 gramos?

—Es una estimación.

Apoyó el libro sobre una balanza de envíos: 127 gramos exactos.

—Usted no es humana —dije.

La señora Lorentz asintió y se inclinó para susurrarme:

—Soy una bibliotecaria.

Escribió algo en un papel adhesivo y lo pegó al libro. Luego ocurrió la cosa más extraña. Sus labios temblaron y parecía a punto de llorar.

—No te olvides el inhalador —dijo, mientras apartaba el libro para ayudar a otro chico a registrar el préstamo de una pila de videojuegos. Me incliné sobre el mostrador para ver qué era lo que había escrito. La nota decía: GUARDAR PARA MI BEN.

La iba a extrañar el próximo año, cuando mamá y yo nos mudáramos a Miami. Casi que me dio ganas de unirme a Facebook, pensando que si no lo hacía no la volvería a ver jamás. Le enviaría a la señora Lorentz el guiño más grande, para reconocerle todas las amabilidades que había tenido conmigo los últimos dos años, sin mencionar su sabiduría recontra increíble. Le enviaría un guiño cada maldito día.

Estaba a punto de salir cuando entró una chica. Le sostuve la puerta. Llevaba una boina verde limón, enormes lentes de sol, una bufanda con brillitos y una chaqueta roja con botones dorados cerrada hasta el cuello, a pesar de que afuera hacía veinticinco grados. Usaba guantes púrpuras con los dedos recortados. Sus zapatillas de caña alta eran rosa brillante. Prácticamente cubría cada color del arcoíris. Su mochila estaba hecha de malla transparente, como para que pudiera mostrar todos los libros que cargaba y lo brillante que era.

Los chicos malos de la cuadra no la molestaron, no señor. Era la clase de chica que, si le llegabas a hacer algún comentario estúpido sobre sus libros o sus *guantes* o lo que fuera, te respondería con algo que te haría sentir incluso más estúpido de lo que eras, y encima frente a todos tus amigos. Hasta los más idiotas saben que no hay que molestar a una diva.

Y vaya si era una. Se detuvo a leer un mensaje de texto. Acá estoy yo, sosteniéndole la maldita puerta, y durante todo el rato ella mensajeando. Después pasó delante de mí, sin siquiera mirarme ni decirme gracias.

—*De nada* —le dije. No, no lo dije. Simplemente me fui.

Eran las cinco y media. Mamá quería que estuviera de regreso en casa a las seis para ayudarla con la cena. La marea estaba subiendo. El aroma a sal era tan potente como para hacerte toser. Los papeles daban vueltas en el aire. Tuve la sensación de que me estaban siguiendo.

Me di vuelta. La avenida Mermaid estaba repleta de gente volviendo del trabajo, pero ninguno parecía interesado en mí. Me dirigí hacia la Neptune, que estaba un poco más vacía, y entonces estuve seguro de que alguien me acechaba. Giré sobre mis talones, y allí estaba.

4

EL ACECHADOR

El perrito del callejón se detuvo a cinco metros de distancia, se sentó y se me quedó mirando.

—Ven aquí —dije, pero no lo hizo. Me acerqué y echó a correr. Me encogí de hombros y retomé mi camino. Miré hacia atrás y una vez más me estaba siguiendo.

Entré al supermercado donde una señora con una red en el cabello siempre trataba de encajarte una muestra gratis de queso.

—¿Puedo tomar algunas? —pregunté.

—¿Para qué estoy si no? —me respondió.

Me metí cuatro muestras en el bolsillo.

—Al menos dile a tu madre que el queso estuvo bueno —dijo la mujer—. Ya sabes, así compra alguno la próxima vez.

—Se lo diré.

—Sí, *claro* —dijo. Me sentí mal por ella. Es un trabajo duro vender quesos caros en un supermercado barato.

Cuando salí el perro me estaba esperando. Estaba más cerca esta vez, y temblaba. Puse un pedazo de queso en la vereda y retrocedí cuatro metros. Se aproximó muy lentamente, y luego se lo tragó de un bocado. Puse otro queso y retrocedí dos metros, y pasó lo mismo. Luego un metro, y al final terminó comiendo de mi mano. Juro que se tragó como cien gramos de cheddar. Dejó escapar un eructo más fuerte que cualquiera que yo haya hecho. Su aliento no era particularmente fantástico. Luego se apoyó contra mi pierna y tembló tanto que yo también temblé.

Lo recogí entre mis brazos y tomé una calle tranquila en dirección a casa. No había chance de que me agarraran cargando un perrito para nenas como ese. Hubiera sido peor que ser visto con un libro.

5

MAMÁ

—La respuesta es sí —dijo mi madre. Ni siquiera llegué a preguntarle. Apenas vio la pequeña sabandija entre mis brazos ya estaba de acuerdo—. Ahora metamos a este perro en la bañera.

—Gracias, mamá.

Quería un perro desde que tenía memoria, pero íbamos a esperar a mudarnos a Florida. Por suerte, a mamá le gustaba dejarse llevar por las circunstancias.

—Te eligió por alguna razón —dijo.

—Sí, soy el primer idiota que lo alimentó.

Mamá me revolvió el pelo.

—La vida es una aventura, viajero —dijo.

—Y todos tenemos reservado un tremendo paseo.

—Caminar cuesta arriba es la mejor parte del viaje, nunca te olvides.

—¿Cómo podría si me lo recuerdas dos veces por día?

Mamá tenía sesenta y siete años. No se teñía el cabello; lo mantenía corto, sin alboroto ni lío. Deben estar haciendo cálculos: su edad menos la mía, que voy a séptimo grado. ¿Debería haberme tenido a los cincuenta y tantos, verdad? Excepto que no lo hizo. Yo tenía diez años cuando me adoptó.

—Tráeme la toalla —pidió.

Quién hubiera dicho antes de secarlo que el perrito era bastante bonito. Sin mugre sus ojos eran de un marrón dorado. Le acomodé la lengua en la boca, pero volvió a caer de costado.

—Ahora engordémoslo —dijo mamá.

Su rápida aceptación del perro me había dejado pensando.

—Mamá, todos esos chicos en el hogar juvenil. Podrías haber adoptado a cualquiera de ellos. Siempre tuve miedo de preguntarte, ¿por qué a mí?

—¿Qué era lo que te daba miedo de preguntar? —dijo mientras freía unas hamburguesas.

—A veces pienso que si hablo de ello, va a desaparecer. Vivir aquí, en este apartamento. Mi propio cuarto. Cenar mientras miramos la tele. Tú y yo.

—Viajero, tú y yo nunca desapareceremos —dijo—. Somos para siempre. Sabes eso, ¿verdad?

—Por supuesto.

—Eres un pésimo mentiroso, hijo.

—¿Cómo sabes que estoy mintiendo?

—Porque haces esta cosa adorable con los ojos. Se abren un poco más de lo normal, y miras hacia la derecha. Ben, es así: cuando Laura se murió tan de repente quedé ante una encrucijada. Siempre habíamos hablado de ser padres sustitutos, así que pensé, bueno, si encuentro al chico indicado, el que realmente me necesite, voy a hacerlo.

Dejó de cocinar y me miró a los ojos:

—Supe que tenías que ser mi hijo.

—Pero ¿cómo lo supiste?

—Magia.

Ya no estaba hablándome a mí. Miraba por encima de mi hombro, a la fotografía sobre la mesa de la cocina. Laura, la compañera de mamá, nos observaba cada noche mientras cenábamos. Su sonrisa era auténtica, no la estaba forzando para la foto. Murió de un tipo de cáncer que corrompe la sangre.

—Te hubiera amado —dijo mamá. Luego reaccionó y volvió a cocinar—. No hay mucho qué comer. Debes estar hambriento. Mejor si vas a comprar algo de comida china.

Ahora era ella la que mentía. Había suficientes hamburguesas, incluso para el perro, pero me daba cuenta de que quería estar sola un rato. No le gustaba estar triste delante de mí.

—¿Mamá? En el supermercado tienen un nuevo queso cheddar que es realmente increíble.

—Es bueno saberlo. Ey, ¿cómo piensas llamar a nuestro nuevo amigo?

—No estoy seguro todavía.

—Lo sabrás cuando lo escuches.

Armé una correa casera con el cinturón de mi bata, pero al final no la necesité. El perrito trotó a mi lado todo el camino hasta el Palacio del Encantamiento y de regreso, y en ningún momento me sacó los ojos de encima. Incluso mientras comía no dejó de observarme. Después de la cena, mientras mirábamos *Viaje a las estrellas II: La ira de Khan*, siguió igual, todo el tiempo con los ojos sobre mí. Había algo en él que era difícil de describir. Como su perfecta quietud. Su nombre tenía que reflejar eso.

—¿Por qué sonríes? —preguntó mamá.

—No sé —dije, pero sabía. Era todo tan perfecto, simplemente pasando el rato, mamá, el perro y yo. Me sentía tan a salvo.

—Quizás podrías llamarlo Woody.

—¿Woody Coffin, o sea "ataúd de madera"?

—Tienes razón, mejor tachemos ese.

—Coffin es un apellido espinoso.

—Es fantástico. ¿Recuerdas cuando me dijiste que podía seguir siendo un Smith si pensaba que Coffin era demasiado tenebroso?

Había montones de Smith en los hogares juveniles, como muchos Jones y otros tantos Washington.

—Eso fue lo mejor de todo —continué—, el día que compartiste tu apellido conmigo.

—Ese fue un día hermoso. Sí que lo fue.

—Me sentí diferente, como si finalmente estuviera cerca de transformarme en la persona que debía ser, incluso si no supiera exactamente qué persona era esa.

—Me gusta que me cuentes estas cosas. Ah, no sientas vergüenza ahora. Ben, tu amiguito quiere que le prestes atención.

El pequeñín se había deslizado de mi falda hasta la puerta. Apoyó una de sus patas y ladró una sola vez. Lo saqué afuera y orinó contra el cordón. A la hora de dormir se metió dentro de mi pijama, hasta llegar a mi axila. Me desperté para chequear que todo estuviera bien, y su cabeza estaba recostada contra mi pecho. Me estaba observando con esos ojos marrón dorado. Se me ocurrió que no había utilizado el inhalador desde que llegué corriendo a la biblioteca, y sin embargo estaba respirando de lo más bien. Le acaricié el pelaje, una y otra vez, y no quedó nada de pelo entre mis dedos. Mis pulmones no tenían problema con los perros que no pierden mucho pelo.

—Eres maravilloso —le dije. Se arrojó a mi boca y me lamió los labios—. Excepto por el aliento. Guau.

Cuando me desperté la mañana siguiente lo encontré observando el poster de Chewbacca que había clavado contra mi biblioteca. Era tamaño natural: un Wookie de dos metros y trece centímetros mirándote desde arriba. El perrito ladeó la cabeza, como diciéndole: amigo, eres el perro más raro que haya visto en mi vida.

6

EL MICROCHIP

—Sus dientes están en buen estado, lo que significa que fue bien cuidado —dijo el veterinario.

—¿Entonces cómo fue que terminó en la calle? —pregunté.

El veterinario se encogió de hombros.

—Quizás fuera el animal de compañía de alguna persona anciana, que falleció y la familia abandonó al perro en un refugio animal. De ahí en adelante, digamos que es adoptado por alguna familia con buenas intenciones pero sin tiempo para cuidarlo. El perro es abandonando una vez más. O…

—¿O…?

—O quizás solo está perdido. Tiene un microchip incrustado en la piel. Miren.

El doctor pasó un scanner sobre el hombro del perro y un número de teléfono apareció en la pantalla del iPad.

—Esa debe ser la dueña. También hay una dirección de correo electrónico.

—Quizás se escapó, quizás ella lo trataba mal —dije.

—Viajero —dijo mamá—, piensa cómo te sentirías si perdieras a tu perro. Piensa sobre todo en el perro. Está en tu poder reunirlo con la persona que lo cuidó durante todos estos años.

¿Mi poder, eh? No me sentía especialmente poderoso. Tenía ganas de vomitar en toda la veterinaria.

Nos sentamos en el banco justo enfrente del negocio y esperamos a Jeanie, la hermana de mamá. Nos iba a alcanzar hasta el centro comercial de Bay Ridge. En la página web decía que podías llevar a tu perro al interior de la tienda de mascotas, excepto que ya no era realmente mi perro. Saqué mi teléfono, marqué los números y puse el altavoz.

Mamá pasó su brazo por encima de mi hombro.

—Estoy orgullosa de ti —me dijo.

El perro dormía sobre mi regazo. Entonces se escuchó la voz. *El número al que usted llama se encuentra fuera de servicio.*

Mamá me dio un golpecito con el codo.

—Estamos a mitad de camino. Todavía nos queda el correo electrónico, viajero.

—Mamá…

—Envíalo, y tendremos la conciencia tranquila de que hicimos todo lo que pudimos.

Tipié un mensaje en el que incluí nuestro teléfono de línea. Me obligué a cliquear Enviar cuando llegó la tía Jeanie. Su novio Leo se asomó por la ventanilla.

—¿Primero un chico y ahora un perro, eh Tess? Mejor que lo hagas tú y no yo.

Se rio como si fuera la broma más divertida del mundo. Él y la tía Jeanie se levantaron de sus asientos para ayudar a mamá a sentarse en el coche, porque tenía un poco de artritis.

—Estoy bien —dijo—. Eres un caballero, Leo, pero no soy una inválida… aún.

—Nos vas a sobrevivir a todos, querida —respondió Leo.

—Definitivamente espero que no. Ben, dale un abrazo a tu tía.

Jeanie era amable y todo, pero cuando te abrazaba te mantenía un poquito alejado, como si no quisiera que le arruinaras el maquillaje. Trabajaba como gerente en Macy's y recibía un importante descuento en el departamento de cosmética. Era más joven que mamá pero se veía más vieja. La piel alrededor de sus ojos estaba arrugada como la tela de una araña, probablemente porque estaba todo el día entrecerrando los ojos y frunciendo el ceño como cuando uno está preocupado. De vez en cuando nos visitaba en el apartamento.

—Cuéntame del colegio, ¿estás haciendo algún deporte? ¿De verdad todos los chicos llevan el pelo tan largo estos días?

No era desagradable ni nada. Más bien era, no sé, algo *nerviosa* cuando estaba conmigo. A Leo lo conocía poco. Lo veía durante las fiestas, para cenar o cosas así. Era "demasiado amigable", te daba la mano de una manera exagerada, y unos golpes en el hombro, y también gritaba "Ey amigo, ¿cómo va todo?", pero no esperaba respuesta, y se iba a la tele a ver algún partido. Yo lo acompañaba y juro que decía como cincuenta veces: "Agarra algunos bocadillos, campeón, tus huesos necesitan un poco de carne". Siempre quería decirle que esos bocadillos no estaban hechos de carne. Estaban hechos de col rizada, si la tía Jeanie se había salido con la suya. Era fanática de la comida sana. No sé. Leo estaba bien, supongo.

Nos sentamos en la parte trasera del Mercedes de mi tía. Los asientos estaban cubiertos por una sábana.

—¿El perro se va a quedar quieto allí atrás? No puedo tener pelos en todas partes, Tess.

—Buen día para ti también en esta espléndida tarde de sábado, querida hermana.

Le dio un beso a Jeanie en la mejilla, y otro a Leo.

—Lo siento —dijo mi tía—. Es solo que hice limpiar el coche ayer.

—Relájate, bebé —dijo Leo. Me guiñó un ojo—. ¿Cierto, campeón?

El perro me dio un golpecito en la mano y levantó la pata.

—Quiere que choques los cinco —me dijo mamá.

Luego de chocar mis nudillos contra su pata se abalanzó hacia mi rostro y me lamió los labios.

—Quien sea que lo haya entrenado lo hizo bien —dijo mamá.

—Recontra bien. Ojalá esté muerta —dije.

—Bueno, viajero, no estoy especialmente contenta con ese comentario.

En el centro comercial elegimos un collar, una correa y una mochilita para cargar mascotas que permitía llevarlo en el tren. Era como la mochila de malla de la diva salvo que más resistente. El cajero dejó caer una golosina y el perro se abalanzó a comerla enseguida. La mochila estaba a mitad de precio, pero aun así era cara.

—¿No deberíamos esperar hasta estar seguros de que es nuestro?

—Se la daremos a su dueña, llegado el caso —respondió mamá—. Y si no quiere la mochila, la guardaremos para cuando tengamos otro perro.

—Otro perro —dije—. Seguro.

7

LA HORDA DE MOHO

—Es recontra medio Ewok —dijo Moho.
—¿Teebo, no?
—Más bien como Wicket. Así es como deberías llamarlo.
—¿Qué tal Spidey? —dije—. ¿Flash?
—Wicket es más cool. O Gandalf sino.
—De ninguna manera.
—¿Potter?
—Ningún mago.
—Viejo, calma, no hay necesidad de ser racista. Ven aquí, amiguito. Coffin, tu perro es impresionante. Mis hermanas enloquecerán.

Subimos los escalones hasta el porche de entrada. Nunca había estado en su casa pero la reconocí a media cuadra de distancia gracias al sable de luz torcido y la piscina infantil con el agua amarronada. El ventanal de la puerta principal estaba cubierto con los cartones de una caja de pizza. Adentro los chicos corrían descalzos por toda la casa.

—Mamá, este es Coffin —dijo Chucky—. Es mi amigo, o casi.

—Hola Coffin —dijo su madre.

Me dio un abrazo. Olía a galletas y abrazaba bien, definitivamente. No podía respirar.

—Lo *amo* —dijo una chiquita de cuatro años. Llevaba una barba hecha de mantequilla de maní y manchas de jalea en su pijama. El perro fue directo a lamerle la mantequilla de los labios. Se sumó una horda de otras niñas en pijama. No a lamer la mantequilla, a acariciar al perro, digo. Una de ellas se arrastraba por el suelo con un pañal cargado. El perro lo encontró excesivamente interesante.

Una anciana golden retriever se acercó cojeando hasta el enjambre infantil. Ambos perros se olieron mutuamente el trasero. La retriever se recostó, y mi (quizás) perro se acomodó junto a ella. Sus rabos sacudieron el polvo de la alfombra, hasta que mi perro dio un salto y me rogó que lo alzara.

Una gata huesuda entró a la habitación, se sentó y se lamió el trasero delante de todos. Ahora sabía por qué tenía dificultades para respirar. El pelo de la gata cubría el camisón de la señora Moho y todo el resto. Solo algunas razas de perro me cierran la garganta, pero los gatos me ahogan siempre. Pero ¿por qué estarían todas en pijama a las tres de la tarde?

—Ginger ama a los perros —dijo la señora Moho—. Las orejas, GinGin, las orejas.

La gata limpió a lengüetazos la cera de los oídos de la retriever, que gimió de felicidad.

—Ginger puede limpiar las orejas de tu bola de pelos, si quieres —me ofreció la señora Moho.

—Me parece que sus orejas están recontra bien —dije. No mencioné que la lengua de la gata había estado hasta hacía unos instantes en su trasero. Ginger se acercó a las orejas de mi perro con su lengua viscosa, y el perro dejó de temblar y comenzó a agitar el rabo.

—Eso significa que lo *adora* —dijo una de las niñas más pequeñas—. La otra manera de saber que están felices es cuando te montan.

—Es verdad —dijo Chucky.

—Quédate a comer pizza —ofreció la señora Moho.

—¿Tenemos suficiente? —preguntó Chucky.

—*Sí*, Charles, únicamente tenemos alrededor de un trillón de pizzas en el congelador.

—Lo siento, amigo —dijo Chucky—, es solo que viviendo aquí hay que preocuparse por la asignación de recursos. Reconozco que tengo un problema, y estoy tratando de cambiarlo.

No podía respirar pero estaba muerto de hambre. ¿Aire o comida?

Comimos pizza descongelada y quemada, fue genial.

8

EL LADRÓN DE ROPA INTERIOR

El lunes a la mañana el perro me acompañó mientras yo hacía mi ruta de entrega de cupones de descuento. Una señora en bata salió de la nada y me apaleó con una escoba cuando dejé uno en su puerta, justo frente al cartel que decía NO DEJAR FOLLETOS PROMOCIONALES DE NINGÚN TIPO. Mi jefe me había ordenado explícitamente ignorar esos carteles.

—Lo siento, señora, solo sigo órdenes —le dije.

—Fíjate si las puedes seguir después de que te deshaga el cerebro.

Me volvió a dar un escobazo en el trasero.

El perrito corrió hasta los tobillos de la señora y movió su rabo torcido. La señora se olvidó de mí y le acarició el vientre. De repente se había convertido en otra persona, incluso simpática. Hasta nos invitó a entrar por un bagel, pero yo me negué porque tenía que ir a la clase de Higiene y Seguridad, en donde Rayburn me atacó con bolitas de papel ensalivadas. Esquivarlo durante el resto del día no fue una tarea difícil porque, digámoslo de esta manera: él no estaba en la clase de nivel avanzado. Almorcé debajo de las escaleras.

Después del colegio corrí a casa. Había dejado el teléfono seteado en cámara rápida para ver qué era lo que hacía el perro a solas. Esto fue lo que hizo durante todo el día después de que mamá salió a trabajar: nada, excepto escarbar en mi canasta de la ropa sucia y llevarse algunos calzoncillos. Armó un pilón en el pasillo y gimió, sin dejar de mirar la puerta, hasta que (y esto fue increíble) cinco minutos antes de que yo llegara empezó a arañar como loco la puerta, como si tuviera una percepción extrasensorial de que yo ya iba camino a casa.

Chequeé mi casilla de mail. Aun no había noticias de la dueña anterior. Seguramente estaba muerta. Sí, de verdad me sentía entusiasmado con la vida.

—¿Tienes un perro, verdad? —dijo la señora Lorentz.

—¿Cómo sabe esas cosas? —contesté. Me puse de espaldas para que pudiera ver al perro a través de la malla de la mochila.

—No inundas el sistema de reservas con libros de entrenamiento canino cuando adoptas un hurón. Ven de este lado así lo puedo ver bien.

Pasé al otro lado del mostrador, apoyé la mochila en el suelo y abrí el cierre.

—Quiero comérmelo —dijo la señora Lorentz.

—¿Por qué?

—Hola osito —dijo, alzándolo. El perro la atravesó con un beso. Quiero decir que le recontra dio un beso francés—. Sus ojos. Me recuerdan a los que tenía nuestro pequeño Harry. Lo perdimos en junio. Ya era viejito. Murió mientras dormía, en brazos de mi hija. No se puede pedir un mejor hasta pronto que ese, ¿verdad?

—Un hasta pronto —dije—, claro.

Un anciano se acercó al mostrador para devolver una computadora portátil. Su bolsa decía: LEER HACE TU VIDA MÁS LARGA. SI NO LO CREES MÍRAME.

La señora Lorentz regresó el perro a mi mochila. Me indicó con la cabeza una pila de libros sobre el mostrador.

—Esos son tuyos, Ben.

Al tope de la pila estaba *Plumas*. Cuando me di vuelta para poner los libros en la mochila, el perro no estaba.

9

EL REGRESO DE LA CHICA ARCOÍRIS

El perrito había trotado hasta la parte de atrás de la biblioteca, donde la diva estaba instalada. Llevaba puesta una boina amarilla, uñas rosa fosforescente y una bufanda color mandarina. Lo único que no le brillaba era la piel; estaba realmente pálida. Tenía ojeras también, como si se hubiera quedado toda la noche leyendo los libros que vi en su mochila la última vez. El perro trepó a su falda.

—Es criminal su adorabilidad. ¿Cómo se llama?

—No sé todavía —dije—. Solo lo tengo hace tres días.

Tenía los libros desperdigados por toda la mesa, que había sido mía hasta que ella se la apoderó por completo. Uno de los libros era un ejemplar de *Plumas*. Las páginas estaban marcadas con adhesivos de todos los colores. El libro también estaba en mi mano, el ejemplar de la biblioteca.

—Tú eres ella. La hija de la señora Lorentz. Estoy a una página de terminarlo.

—Algunos libros cambian la forma en que ves el mundo, y luego está el libro que cambia la forma en que respiras. ¿Cuánto lo estás amando?

—De hecho, todo.

—Entonces te puedes sentar —dijo, mientras le rascaba la barriga al perro—. Amo cómo su lengua le cuelga a un costado de la boca.

—¿Cómo puede ser que nunca antes te haya visto por aquí?

—Estoy empezando a tomar clases en mi casa. Estudio en mi apartamento hasta el almuerzo, pero después necesito estirar las piernas. Además, ya me has visto antes.

—¿Quieres decir el viernes, cuando me hiciste sostenerte la puerta mientras no dejabas de mensajearte con alguien?

—Antes de eso. Y disculpas por estar preocupada. Estaba en el medio de un intercambio bastante importante. ¿De verdad no me recuerdas?

Me tomó unos instantes recordar que la conocía. La boina extra grande cubriendo su cabeza me había despistado, pero era la chica con el cabello castaño alocado de las últimas vacaciones de invierno.

—Me ayudaste a registrar mis libros mientras la señora Lorentz estaba al teléfono —dije.

—¿Quién admite haber leído *Yo, robot* y encima lo renueva?

—Te ves…

—Diferente —dijo—. Acércate. ¿Lo notas? —Ella prácticamente no tenía cejas—. La quimioterapia está funcionando bien. Mis últimos exámenes y análisis de sangre se ven bastante decentes. Los números negativos bajan, los positivos suben. Voy a recontra patearle el trasero a esta cosa, ¿sabes?

—Lo sé —dije, como un idiota, como si yo supiera algo sobre ella, excepto que me hacía sentir como cuando vi al perro siguiéndome pero muy asustado como para seguirme. Como cuando Darth Vader le corta la mano a Luke Skywalker. Vader le permitirá vivir si se pasa al lado oscuro, pero Luke no lo hace. Tampoco se somete al sable de luz de Vader. En cambio se arroja ardientemente al corazón de un reactor. La Fuerza está con él, igual, y cae en un conducto de basura, desde donde lo rescata Leia, y consigue una mano biónica recontra genial. Sí, esta chica es así de ruda.

—Ese era el correo que recibí cuando tú actuabas de portero ofendido —dijo—. Los viejos pulgares arriba del doctor. Sí señor. Soy una de los afortunados. Los efectos secundarios de la quimio no son del todo espantosos, más que sentirme cansada durante días. Y por supuesto, el tema del pelo.

Asintió con la cabeza, y eso me hizo asentir a mí también, a pesar de que estaba demasiado confundido. No tenía ningún sentido. Uno no toma remedios que le hagan perder el cabello a menos que esté *realmente* enfermo, y ella tenía mi edad.

—En todo caso, es solo pelo —dijo—. Y vuelve a crecer, solo para que sepas.

—Te ves muy bonita de todas maneras —dije. Hay momentos en que me pegaría a mí mismo en la boca, salvo que me dolería y me haría ver incluso más estúpido—. Disculpa, a veces tengo este problema en que olvido no decir lo que estoy pensando.

—¿Cómo puede ser eso un problema, y por qué deberías pedir disculpas por decir que soy recontra atractiva?

—Perdón, pero yo dije *bonita*.

—Ya van dos veces —estiró la mano por sobre la mesa y durante un segundo apretó la mía—. Gracias —dijo. Sus dedos estaban fríos y pintados con lapicera de brillantina. Lo mismo la primera página de su cuaderno espiralado, con una caligrafía bellísima, estrellas en vez de puntos sobre las jotas y las íes—. Estoy escribiendo una novela.

—¿De verdad?

Se puso extremadamente seria.

—Temo que sí. ¿No eres escritor?

—Tengo doce años.

—¿Y qué estás esperando? Mi mamá piensa que eres realmente genial.

—Tu mamá se recontra merece todos los guiños.

—¿Perdón?

—No, quiero decir en Facebook, ¿entiendes? ¿El guiño? Le enviaría el más grande de todos.

—Iuú —dijo, y se puso a guardar todos sus libros.

—Tengo la sensación de que el guiño no significa lo que creo que significa —dije.

Ella entró a un blog en Facebook sobre la etiqueta y el uso apropiado de los emoticones. Esto es lo que decía:

> ;o) también conocido como –el guiño–, está perfecto si viene de parte de tu novio, y recontra *no* en casi todos los otros casos, y recontra ajj si viene del pervertido que cree que eres atractiva cuando él definitivamente no lo es.

—Guau —dije.

—Seee —dijo. No estaba tan cansada ese día, por la forma en que encaró hacia la salida.

Le puse la correa al perro y metí en la mochila todos los libros que la señora Lorentz me había dejado en el mostrador.

—¿Qué pasó que se fue tan furiosa?

—No tengo idea —le contesté a la señora Lorentz, sin poder mirarla a la cara.

El perro y yo alcanzamos a la Chica Arcoíris en la calle lateral, camino a la costanera.

—Nunca adivinarías lo que pensé que significaba el guiño.

—No quiero saber —contestó.

—De todas maneras, no sabía que significaba lo que significa.

—Lo sé —dijo—. Sobrerreaccioné. Hago eso. Es una de las muchas facetas que hacen a la intrincada gema de mi personalidad.

Apuró el paso y sopló y resopló a medida que avanzaba.

—¿Así que educación en casa, eh? —dije, tratando de mantener el paso. El perro nos mordía los talones—. Suena asombroso.

—No puedo esperar para volver al colegio *colegio* —dijo—. ¿Alguna vez has escuchado de la Beekman número 26?

—Es la escuela de artes, ¿verdad?

—Es el paraíso. Estaré allí tan pronto como esté de regreso al ciento once por ciento. Será a comienzos del próximo cuatrimestre, definitivamente. Hasta entonces somos mi papá y yo en la mesa de la cocina. A todo esto, ciento once es mi número favorito. Es el número atómico del roentgenio. No lo puedes encontrar en la naturaleza. Debes conjurarlo en el laboratorio, pero tiene las mismas propiedades que la plata y el oro. Probablemente ya sabías eso, siendo un fanático de la ciencia ficción.

—Ciento once es también la constante mágica para el cuadrado mágico más pequeño que use el número uno y los números primos. Mira esto.

Tomé de su oreja la lapicera de brillantina y escribí esto en la palma de mi mano:

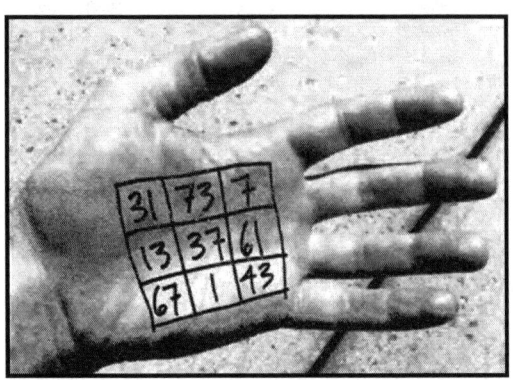

—Suma los números vertical, horizontal o diagonalmente y siempre da ciento once.

Tomó mi mano, hizo la suma y asintió.

—¿Cómo sabes esto? Eres inteligente nivel genio, ¿verdad? ¿Eres tan inteligente que deberé odiarte por ser más inteligente que mí... que yo?

—¡No! —dije—. Tú eres muchísimo más inteligente.

—De acuerdo entonces. En general, en realidad. Pero claramente no en matemática. Demasiado fastidioso. Odio ser un estereotipo. Ya sabes: las chicas son tontas para las matemáticas. Excepto que no lo soy. Era mejor que todos los chicos en el colegio, aunque solo para enojarlos.

—No estoy enojado.

—¿Por qué deberías? No vas a mi colegio.

—¿Eh?

—No te preocupes, continúa. Ahora me siento mejor acerca de ti, acerca de nuestras inteligencias comparadas. Por favor, sigue.

—Una vez en una Navidad recibí un libro, era como de adivinanzas matemáticas. No es que yo haya inventado todo esto o algo así —dije, mostrando en alto la palma de la mano.

—¿Quién dijo que lo hayas hecho? De cualquier manera, voy a necesitar una copia.

Apretó la palma de su mano contra la mía y la tinta se transfirió a la suya.

—Está al revés —dije.

—Está perfecta —dijo—. Mi mamá, tenía razón. Eres estupendo. Te has redimido, y de un pozo *muy* hondo.

—Tu papá. ¿Está tomando una licencia del trabajo para ser tu tutor?

—Trabaja sobre todo de noche. ¿Realmente tienes doce años? Pareces mayor.

—¿En serio? Gracias.

—Eres graciosísimo.

—¿Cuánto mayor?

—Doce y medio —dijo.

—Tú tienes más o menos trece años, ¿no?

—Más o menos no. Eres hilarante.

—¿Por qué?

—Por Dios, deja de hacerme reír.

—Pero no te estás riendo.

—¿Tienes algo de plata contigo? —dijo—. Cómprame unos chocolatines y olvidaré todo ese asunto de la biblioteca.

—¿Qué, lo de querer mandarle un guiño a tu madre?

—¿Por qué me lo estás recordando?

Compré un paquete triple y nos sentamos en un banco de la costanera.

—¡Dulce salsa de queso, qué bueno que está esto! —dijo—. La mera existencia de este perro es ridícula. Es tan bobito que quiero apapacharlo y masticarlo en un millón de mordiscos fofos. ¡Te voy a comerrr! ¿Cómo puede ser que no tengas un nombre para este bichito? Amo la manera en que te mira.

—¿Y cómo es?

—Constante. Deberías certificarlo como perro terapéutico. De esa manera podría entrar en la biblioteca, y nadie podría mirarnos mal.

—¿Quieres decir como un perro lazarillo?

—Exactamente no. ¿O acaso eres ciego? Existe esto de los chicos a los que les cuesta leer y entonces les leen a los perros. El perro no lo juzga cuando pronuncia mal una palabra o lo que sea; sino que se siente increíblemente emocionado por ser el centro de atención. El chico siente, guau, este perro realmente me escucha, debo estar leyendo genial. Cuanta más confianza tiene, mejor va a leer. Es un programa real, lo juro. Lo tienen en colegios y bibliotecas y cárceles y esas cosas. Creo que tu amiguito podría hacerlo. Mira cómo nos escucha. A mí al menos. Hablo demasiado.

—¿De verdad?

—¿El "de verdad" es que tu perro puede hacerlo, o que de verdad hablo mucho?

—Que puede hacerlo.

—Mentiroso. Tus ojos están muy abiertos y estás mirando para otro lado.

Cualquier chico que crea que es más listo que una chica es un idiota. Pero esta chica era tan inteligente como mi mamá, lo que era totalmente aterrador.

—Léele a Rufus, así se llama el programa en que el perro escucha que le lean —continuó—. Lo leí en la sección sobre educación del periódico. Voy a ser profesora de literatura de día y novelista de noche. Y ¿tú?

Alcé los hombros.

—¿Probador de toboganes de agua?

—Eso es lo último que hubiera esperado escuchar de ti. Okey, ahora estoy oficialmente gustando de ti. Es increíblemente fantástico. Eres mi héroe.

Creo que eso fue lo que dijo. Se puso borroso después de "gustando de ti".

—Deja de sacudir la pierna como si fuera un taladro —añadió—. Es espectacularmente molesto.

—Perdón.

—Deja de disculparte. No te sientas obligado a decir nada. Ya sé, soy mandona.

—No dije nada en absoluto.

—Flip —dijo—. Así es como debes llamarlo.

—¿Por qué?

—Porque ese es su nombre. Mira. Flip. ¿Ves? Movió la cabeza.

—Mueve la cabeza no importa lo que digas.

—Flip Flip Flip Flip Flip.

El perrito lamió los labios de la Chica Arcoíris, y ella sonrió la sonrisa más maravillosa, como en la foto de Laura, la compañera de mamá. No la forzó, fue auténtica. Luego se puso de pie.

—Debo ir a estudiar. Papá me toma examen de álgebra mañana a primera hora.

—Supera lo que yo tengo, un cuestionario de los capítulos uno a cinco de *Matar a un* maldito *ruiseñor*.

—¿Qué, esperabas que te dejaran analizar *Tropas del espacio* en la clase de literatura? Al menos te encanta *Plumas*, lo que significa que hay esperanzas. Quizás te ayude en conseguir eso de Léele a Rufus en la biblioteca. Mi mamá estaría totalmente a favor.

Caminábamos de espalda, alejándonos el uno del otro, y a esa altura ya teníamos que hablar a los gritos para escucharnos.

—Ey, siento mucho lo de tu perro.

—Vamos a adoptar uno nuevo en cuanto yo esté al ciento once por ciento.

—A propósito ¿cómo te llamas?

—Halley, como el cometa.

—Guau.

—Sep.

—Yo soy, eh, Ben, para que sepas.

—Ya, eh, lo sé. Mamá me contó, además de que está en tu carnet de la biblioteca, obviamente.

—¿De qué se trata, tu novela?

Dio un giro completo, un saltito y sonrió.

—¡No te conozco todavía lo suficiente como para contarte!

—¿Eso significa que mañana vas a estar en la biblioteca después del colegio?

—¡Tengo turno con el doctor! ¡Parecemos idiotas, gritando mientras nos alejamos del otro! ¡Estás a punto de pisar a un viejito en silla de ruedas! ¿Ben?

—¿Sí?

—¡Ciento once! ¡Esa es la cantidad de libros que voy a escribir! ¡Esa es la cantidad de años que voy a vivir! ¡Chau Flip!

Le mandé un mensaje a Chucky:

BC: Quién te dijo que el guiño significa profunda admiración y respeto?

CM: Rayburn. Por?

10

DESTINADO A LA GRANDIOSIDAD

—Va a ser grandioso con los niños —dijo la mujer del programa Léele a Rufus.

Mamá me dio un codazo y firmó el formulario por el cual ella se hacía responsable de mi entrenamiento como facilitador de Léele a Rufus, dado que yo era menor de edad.

—Esa chica, mi amiga, nos gustaría empezar el programa en la biblioteca a la que voy —dije.

—Suena fantástico —respondió la mujer—. Tú y Flip tendrán que asistir a algunas clases para ser certificados. Incluye bastante tarea. ¿Estás dispuesto a comprometerte con eso?

—Un ciento once por ciento —dije.

—Te adora completamente, Ben —dijo la mujer—. Sigue leyendo, por favor. Quiero tomar una foto y postearla en nuestro sitio, si no te molesta.

Le leí a Flip un fragmento de *La puerta de la memoria*, de N.T. Castillo-Cormier. La cabeza ladeada a un costado, las orejas alzadas, los grandes ojos dorados mirándome. Cuando le guiñé un ojo se lanzó a mi boca y metió su lengua que hedía a mantequilla de maní.

—Chequea los manuales de entrenamiento sobre cómo enseñarle a no tirarse a la cara del lector —recomendó la mujer mientras me sacaba fotos con su teléfono—. Sigue leyendo, Ben.

El libro era sobre un tipo que encuentra una puerta que le permite viajar ciento cuarenta millones de años al futuro.

—Abrió la puerta y la Tierra entera estaba cubierta de hielo. El cielo era negro a pesar de que el sol brillaba. El sol era diez veces más grande, pero el futuro era solo puro viento helado. Se dio vuelta para regresar a su hogar, pero la puerta había desaparecido, y ahora todo y todos a los que conocía y amaba existían solo en su memoria.

El vagón del subterráneo estaba repleto durante el regreso a casa. Dejé la mochila abierta, y Flip asomó la cabeza para mirar alrededor. La chica del asiento de al lado dijo: "Lo abrazaría hasta aplastarlo". Me acerqué un poco más la mochila. El tren se detuvo, la chica se bajó y, no miento, me dijo chau.

—Utiliza tu nuevo poder sabiamente, viajero —me dijo mamá—. ¿Quién es esta chica de la que hablabas? ¿La que te va a ayudar a organizar un Léele a Rufus en la biblioteca?

—Eso, solo una chica que conocí.

—Okey —dijo mamá—. ¿Hace cuánto la conoces?

—¿Desde el invierno pasado, más o menos? Mamá, es una chica de la *biblioteca*. Por favor, relájate.

Mamá me hizo algo así como una toma de judo en la cabeza y me dio un beso en la frente. Luego volvió a su libro de no ficción, sobre cómo hacer que los chicos traumatizados recuperen el habla. A eso se dedica en su trabajo. Así fue como nos conocimos.

No quiero pensar en la época antes de irme a vivir con mamá, nunca más.

Me puse los auriculares y escuché la banda de sonido de *Transformers* mientras fantaseaba con el futuro, sobre todos nosotros en la biblioteca: Flip y yo y los chicos de Léele a Rufus y Halley-como-el-cometa.

11

ESCRIBO, LUEGO EXISTO

El miércoles estuvo libre de Rayburn. Se rumoreaba que se escapaba del colegio para ir a hacer algo ilegal, por no decir lucrativo. Angelina fue la que empezó el rumor, y por la forma en que lo decía estaba seguro de que creía que Rayburn era el humanoide más fascinante del planeta.

—¡Va a ser tan rico un día de estos!

Gran cosa. Un idiota rico en todo caso, qué premio.

Chucky y yo íbamos a almorzar en la cafetería, pero nos ganó la necesidad de comer una pizza que fuera al menos decente y fuimos a Nice Guy Eddie's.

—¿Tiene al menos un lindo trasero la chica de la biblioteca?

—¿Moho?

—¿Coffin?

—¿Tengo que romperte el hocico?

—Dale, agárratela con los más bajitos. Ahora sí eres un tipo rudo. Mi héroe. ¿Vas a comer lo que queda de eso?

—¿Qué, quieres lamer el plato? —contesté. De hecho, lo hizo.

Después del colegio pasé a buscar a Flip y fuimos a la biblioteca. Miré a través de la ventana; el lugar estaba lleno.

Alguien seguramente iba a gritar "¡No se permiten perros!". Golpeé el vidrio hasta que salió la señora Lorentz.

—Hice lo que recomendó Halley. Empecé el curso para certificar a Flip como perro terapéutico.

—Eso es asombroso —dijo la señora Lorentz—. Precisamente ella estaba averiguando si puede abrir un programa de lectura aquí en la biblioteca. Estaba hablando sobre ti, de hecho. Dijo: "Apuesto a que el fan de la ciencia ficción aparece dentro de diez minutos". Eso fue hace…

—Diez minutos —dijo Halley mientras salía a la calle. Llevaba una boina roja y una sudadera negra con una leyenda en blanco: ESCRIBO, LUEGO EXISTO. Alzó a Flip y se puso la mochila en un hombro—. Vamos.

—¿Adónde?

—¿Has visto la fotografía en la pared del fondo, *De noche en el país de los sueños?* —preguntó.

—Es mi favorita.

—La de todos.

Tomó mi mano y me llevó hacia la costanera.

Nunca había caminado de la mano con nadie, especialmente enfrente de su madre.

—No es que me gustes —dijo.

—No, ya sé —dije—. Solo recontra amigos.

—¿*Solo?* ¿Qué es mejor que amigos? Disculpa que mis manos estén heladas.

—No me importa.

Me apretó más fuerte la mano y durante un rato caminamos en silencio, a paso rápido. Pronto nos quedamos sin aliento. Luego ella dijo:

—¿Entonces?
—Entonces.
—¿A qué se dedica tu papá?
—Quién sabe.
—Oh —dijo—. Lo siento.
Alcé los hombros.
—Mi mamá es fonoaudióloga.
—Eso es grandioso.
 —¿A qué se dedica tu papá?
—Es mago. ¿Por qué la cara?
—Nada, es genial.
—¡Lo es! Al menos eso es lo que todos dicen, excepto tú.
—Son tramposos —dije—. Su objetivo en la vida es engañarte.
—Para hacerte *creer* —respondió.
—¿En qué?
—En un ciento once.
Me mostró la palma de su mano. Había remarcado el dibujo al revés del lunes pasado con un marcador púrpura brillante.

—La caja mágica —dijo.

La caja mágica. Parpadeé.

—En realidad se llama cuadrado mágico —dije—. Además no es magia, es matemática.

—Es lo mismo.

—Tuve algo así como una mala experiencia con un mago cuando era chico.

Parpadeé con fuerza como para mantener el recuerdo lejos.

—Cuéntame.

—¿De qué se trata tu libro? —pregunté.

Puso los ojos en blanco.

—Okey, te voy a mostrar.

Fuimos al nuevo Luna Park. Ese día estaba cerrado, pero pasamos por encima de la valla. La torre dorada de 1905 ya no estaba. Flip gimió para que lo alzara. Una gaviota lo miraba fijo, como si lo considerara un agradable bocadillo. La montaña rusa era uno de esos diseños ultramodernos con un único e inquietante carril que cortaba el cielo gris en dos.

—Prefería la vieja montaña rusa.

—Yo amo las dos —respondió Halley.

—La de 1905 era toda de oro y plata.

—Porque era una fotografía en blanco y negro, hola. La nueva reluce. Mira toda esa pintura rosada. De todas maneras, podrías viajar en el tiempo y visitar la antigua montaña rusa si te permitiera leer mi novela. Que por supuesto no te voy a permitir, jamás, lo cual es una lástima porque la escena clave de toda la historia transcurre en el Luna Park de 1905.

—Entiendo. No voy a presionarte…

—Está bien, ya dije que sí, si tanto insistes. A pesar de toda mi fanfarronería en realidad soy espectacularmente frágil en todo lo que se refiere a mi arte, de modo que si lo odias, dime que lo amas. Estoy completamente de acuerdo en que me mientan en eso.

—Hecho.

Halley resopló.

—Entonces, está esta chica.

—Siempre hay una —dije.

—Se escapa en dirección al Luna Park.

—¿El viejo o el nuevo?

—Ambos.

—Interesante —dije—. ¿Por qué se escapa? ¿Padres malvados?

—Murieron instantáneamente en un accidente automovilístico.

—Siempre lo hacen.

—Bueno, hay que deshacerse de ellos de alguna manera, y esa parece la forma más misericordiosa pero expeditiva. De otra manera, ¿cómo podría ser una huérfana? Esta es una historia para edades de diez a catorce, y la regla es que necesitas un huérfano.

—Te escucho.

—La chica todo el tiempo sueña que está volando. Cree que eso significa que debe ser trapecista, así que empieza a entrenar. ¿Conoces el paseo en que puedes caminar por el trapecio, atado a cables de seguridad por si te caes? Bueno, ella es la que te ata a esos cables.

—La asistente de vuelo.

—De noche, cuando el parque cierra, ella entrena. El problema es que no es muy buena. No tiene la confianza, ¿entiendes? Necesita a alguien que la aliente.

—Y allí es donde entra el chico. Déjame adivinar: es el que le mantiene las luces encendidas después de la hora de cierre. El electricista del parque o algo así, ¿no?

—No, pero me gusta la idea. Quizás te la robe.

—Toda tuya. De todas formas, estoy acostumbrado a que me roben.

—¿Qué es lo que te roban? —preguntó—. ¿Eres rico? La gente rica me despierta tanto fantasías como sospechas.

—Para tener doce años estoy bastante bien. Tengo algo así como la tercera ruta de entrega de cupones de descuento más grande de todo el distrito.

—Cielos.

—Gracias. Sí. ¿Cómo es que se conocen en primer lugar, la chica y el chico?

—A través de un amigo de la chica, el mago que trabaja en el parque. Y voy a detenerme allí, porque tienes que conocer a mi papá antes de que pueda continuar.

—¿Por?

—Porque tienes que creer en la magia para que esta historia funcione, y Mercurius Raines es la persona indicada para lograrlo.

—¿Mercurius Raines?

—Sip. Okey, de lo que escuchaste hasta ahora, la idea, ¿qué te parece?

—Me encanta.

—Estás mintiendo de nuevo.

Me apretó la mejilla y lo alzó a Flip y juntos fueron hacia el agua. Lo vitoreó mientras el perro intentaba atrapar la espuma de las olas. El sol aparecía y desaparecía entre las nubes, como un reflector. Durante diez u once segundos.

Todo en lo que podía pensar de regreso a casa era que ahora no me quería mudar a Florida. Flip empezó a gemir en cuanto llegamos al edificio, probablemente porque estaba empezando a llover, supuse. Nop.

En cuanto entramos al apartamento vi a una mujer mayor sentada con mamá en la mesa de la cocina. Flip dio un salto a la falda de la mujer, que lo cubrió de besos.

—¡Cariño, cuánto te extrañó tu mamita!

12

EL VIAJERO LLEGADO DEL PASADO

Flip lamió las lágrimas que caían de los ojos de la anciana. Sus ropas estaban sucias, sus zapatillas desgastadas. Me mostró una foto mugrienta de ella y Flip, acurrucados frente a un pino rojo y plateado. La mujer lucía ropa elegante y una sonrisa dulce. El rabo del perro estaba completo y erguido, y su pelo tan esponjoso como si le hubieran pasado un secador de pelo durante una hora y media.

—La primera Navidad de Spencer —dijo.

—Lo estamos llamando Flip —dije. Cuando el perro escuchó el nombre que Halley le dio, se escapó de entre las manos de la mujer y saltó a mi falda. Estaba temblando.

—¿Dónde viven? —preguntó mamá, mientras le servía café.

La mujer llamó al perro:

—¡Spencer! Ven aquí, mi cielo.

Lo apoyé en el suelo, pero vaciló unos segundos antes de acercarse. Le lamió la mano una vez y volvió derecho a mí.

La mujer asintió.

—Comprendo.

Luego echó una mirada a nuestra confortable cocina. Se detuvo en la foto de Laura.

—Spencer parece haber encontrado un hogar seguro aquí —dijo—. Flip, quiero decir, parece haber encontrado una familia.

No iba a contestar nada, pero mamá estaba empezando su "Bueno, podemos hablar sobre eso" cuando la mujer se levantó y se fue corriendo de nuestro apartamento.

—Ben, busca el paraguas y acompáñame —me ordenó mamá—. Y deja a Flip aquí.

Las puertas del ascensor se cerraron justo antes de que llegáramos. Para cuando vino el siguiente y bajamos al vestíbulo la mujer ya se había ido. Salimos del edificio. Era septiembre y con la lluvia había llegado el frío. Las hojas caían de los árboles. Entonces la vi, al final de la calle, sentada en el cordón.

—Vuelva con nosotros —le dijo mamá—. Podemos comer una buena sopa caliente.

—¡Cuarenta dólares! —dijo la mujer—. Me enfermé y tuve que ir al hospital. No podía pagar la factura del médico. Perdí mi apartamento. No permiten animales en los refugios para las personas sin techo. Dormimos en las salas de espera de los aeropuertos, vagando de una terminal a otra cuando nos corren los guardias de seguridad. Una vez, cuando me quedé dormida, un hombre trató de robarme a Spencer. Después de eso dormimos junto a los cajeros automáticos. Una noche mendigaba frente al banco, sosteniendo la puerta a los que entraban a sacar dinero. Una mujer dijo que me daría cuarenta dólares por Spencer. Parecía una buena mujer. Pensé que él estaría a salvo con ella.

—Lo volverías a vender si te lo damos de regreso, ¿verdad? —dije.

—Ben —dijo mamá—, no dejaré que le hables de esa manera a nuestra compañera viajera.

—Ella no es mi compañera para nada —respondí.

—Jamás volvería a hacerlo —dijo la anciana—. Todavía no puedo creer que lo haya hecho. No tenía con qué alimentarlo. No tenía con qué alimentarme a mí misma. Me estaba muriendo de hambre.

—¿Ves lo lastimado que tiene el rabo?

—Ni una palabra más, hijo —dijo mamá—. Venga con nosotros, puedo ayudarla a encontrar la ayuda que necesita.

—Lo que necesito es dinero.

Mamá sacó todo el dinero que tenía en la billetera y se lo dio a la mujer.

—Ben, dale a nuestra amiga lo que sea que tengas.

Metí las manos en los bolsillos.

—Solo tengo un dólar —mentí. Durante todo el año había estado repartiendo cupones antes del colegio, a pesar de la lluvia, el granizo, el calor y la nieve. En invierno barrí las veredas y los estacionamientos de las casas. En verano lavé sus coches y podé sus jardines. Primero Rayburn y ahora esta mujer. ¿Por qué debería darle mi dinero a alguien que le había vendido su perro a un extraño? Estaba tan enojado que ni siquiera quería darle ese dólar rotoso.

—Dáselo —dijo mamá.

Puse el billete en la mano de la mujer, que se alejó de inmediato.

Mamá me indicó que la siguiera.

—Toma, ve y entrégale el paraguas.

La señora no quiso aceptarlo y siguió caminando.

—Gracias, Ben —dijo mamá.

—Era solo un estúpido dólar.

—Era todo.

Esa noche Flip estuvo estupendo en su sesión de entrenamiento como perro terapéutico. Ya sabía un montón de trucos, como rodar por el suelo y hacerse el muerto, e incluso uno llamado el boxeador. El tipo a cargo de la clase dijo "Flip, boxea" y el perrito se puso en dos patas y comenzó a lanzar puñetazos con las patas delanteras. No podía dejar de pensar en la anciana y en las horas que debió haber gastado enseñándole ese truco.

Llevó tiempo volver a casa. La lluvia hacía los trenes más lentos. Mamá me dio un golpecito con el codo.

—Anímate.

Saqué a Flip de la mochila y se puso a roncar sobre mi regazo: entonces sí me animé.

13

LA INESPERADA SOLUCIÓN AL PROBLEMA DE FLORIDA

El jueves estuvo todo bien durante el colegio porque Rayburn seguía de nuevo con parte de "enfermo". Camino a casa Chucky quiso convencerme de jugar una o dos partidas de Infinite Crisis, pero Flip y yo teníamos una cita con Halley, aunque en realidad no era una cita.

—Es una *amiga* —le dije.

—No es lo que pregunté —dijo Chucky. Lo que había preguntado era si ella era una muñeca.

—Es hermosa —contesté.

Chucky puso los ojos en blanco.

—¿Comparada con Mystique de los X-Men, así de *hermosa*?

—No hay comparación. Mystique es completamente azul y esta chica es arcoíris.

—Mystique está completamente desnuda, también —dijo Chucky—. ¿Un arcoíris, eh? Viejo, a veces tu forma de hablar... Eres un acertijo envuelto en una enchilada.

—Enigma.

—¿Ves? Ahí tienes. Deja de mostrarte tan deprimido.

Estábamos en la esquina donde solíamos separarnos, pero supongo que Chucky se daba cuenta de que yo necesitaba hablar porque siguió acompañándome en dirección a mi casa.

—Estoy armando esta cosa de Léele a Rufus, pero en nueve meses me voy de aquí.

—En ese caso armas otro en Florida —dijo Chucky—. Por supuesto que la muñeca arcoíris no va a estar en Florida, pero hay un montón de chicas allí.

Me golpeó el hombro.

—Auch —exclamó—. Qué hombro huesudo tienes. ¡Auch!

Rayburn lo acababa de cachetear en la nuca.

—Bolsillos —nos dijo. Angelina se rio y Ronda solo tenía mala cara.

Chucky vació los bolsillos: nada salvo un envoltorio vacío de Skittles.

—Vamos, Coffin —dijo Rayburn.

—No —contesté.

—¿Qué? —dijo Rayburn.

—¿Qué? —dijo Chucky.

—¿*Qué*? —dijo Angelina.

—Coffin, no enloquezcas —dijo Ronda.

Rayburn me empujó, pero me mantuve de pie.

—No —dije.

—Bien por ti, Ben —dijo Chucky.

—Cállate, Moho —le contestó Rayburn, y lo golpeó en la boca. Empujé a Rayburn y todos enloquecieron. Rayburn me estaba dando una paliza, Angelina le estaba pegando a Chucky y Ronda nos gritaba que estábamos locos, sin dejar de empujar a quien tuviera a la vista. Un minuto más tarde se habían ido y mis bolsillos estaban vacíos. El idiota incluso se había llevado mis auriculares.

No sé cuánto tiempo pasó hasta que pude volver a respirar de una manera más o menos normal. Seguía tirado en el piso, mirando el cielo. Las palomas me observaban desde arriba, posadas sobre la viga bajo las vías del tren elevado, desde donde defecaban a todo el mundo. Chucky me preguntaba una y otra vez si estaba bien, o eso creo; me costaba entenderle porque tenía la ortodoncia enganchada en los labios. Nos acurrucamos contra un contenedor de basura (como siempre) e intentamos recomponernos.

—¿Necesito puntos? —preguntó Chucky.

—No, solo es un labio hinchado. Deja de llorar. ¡Deja de llorar!

Me limpié la sangre de la nariz y di vuelta mi camiseta para ocultar el resto. De ninguna manera le iba a contar a mamá. Llamaría a la directora Pinto antes de terminar de contarle, y las cosas en el colegio se pondrían diez veces peor. Le explicaría el ojo en compota con la vieja excusa del gimnasio: "Fallé en esquivar una pelota".

Cuando llegué a casa Flip no me esperaba en la puerta como solía hacer.

—¿Flip? Vamos, amigo, tenemos que ir a ver a Halley.

Vino corriendo desde el cuarto de mamá realmente temblando, y vaya si estaba temblando.

Había una anciana en el cuarto de mi madre, tirada boca abajo en el piso. Me costó unos segundos entender quién era, incluso cuando se suponía que regresaría del trabajo recién en un par de horas.

—¿Mamá?

Estaba fría de la manera en que no puedes estarlo cuando estás vivo. Parecía como si hubiera muerto mientras se estaba poniendo las zapatillas. Esa era la otra razón por la que nos estábamos por mudar a Florida: su salud. Su corazón se agitaba demasiado en el invierno de Nueva York, solía decirme.

¿Lo más extraño? Me sentía enojado con ella. ¿Qué se suponía que hiciera ahora?

14

MEDIAS QUE PICAN

Los siguientes cuatro días fueron borrosos. No dormí, ni tuve un ataque de asma, ni derramé una lágrima. De hecho estaba algo relajado. No es que fuera una sorpresa. Esta era la prueba: nada perfecto dura por siempre.

Sí recuerdo una cosa muy claramente, el desayuno del primer día del velatorio. Me estaba preparando unos cereales cuando llegó la tía Jeanie.

—Eso no es un desayuno adecuado, Ben. Ni siquiera es comida. Déjame prepararte algo que... ¡oh! —se interrumpió, agarrándose el pecho, como si fuera a seguir los pasos de mamá—. ¡Tus pantalones!

Me quedaban un poco cortos. Debí haber crecido un par de centímetros el último año, desde la última vez que los usé, cuando fui entrevistado para repartir los cupones de descuento. Todo el mundo se rio de mí, pero bueno, conseguí el trabajo.

—¡Se te ven las medias!

—Solo un poco —admití, estirando hacia abajo los pantalones, aunque ya estaban por debajo de donde empezaba la raya de mi trasero.

—¡Son blancas!

—¿Y? —Eso es lo que hubiera dicho mi mamá: "¿Así que se te ven las medias, Ben? ¿Acaso el planeta dejó de girar? Te ves genial. De hecho, yo también podría llevar las medias de esa manera". Y se las hubiera levantado allí mismo a las carcajadas. La tía Jeanie, en cambio, se comportaba como una maniática.

—Vamos. Al coche. Ahora mismo.

Durante todo el viaje a Macy's no dejó de decir:

—Esto es un desastre. Pobrecito. Si Tess nos pudiera ver ahora, tendría mi cabeza en una bandeja.

En realidad hubiera dicho: "Jeanie, tómate una pastilla".

—Te vamos a ayudar, no te preocupes.

—Pero no estoy preocupado —le dije.

—Pobrecito —contestó. Llamó por teléfono para que tuvieran unos pantalones listos a nuestra llegada. Cuando llegamos caminó como si fuera la reina del lugar. El asistente de ventas prácticamente le hizo una reverencia. Negó con efusión cuando el tipo le sugirió unos pantalones casi ridículos, una mezcla entre algo confortable como unos vaqueros pero de tela de vestir resplandeciente.

—No estamos yendo a bailar, Angelo. Estamos yendo al... mi hermana mayor...

Se le llenaron los ojos de lágrimas.

—Jeanie, lo siento tanto —dijo Angelo, o lo hubiera dicho si mi tía no lo hubiera interrumpido.

—Este joven tiene un estilo clásico. No, no, esto —dijo, y agarró un par de los pantalones definitivamente más horripilantes de todo Macy's, la clase de pantalones que llevan los viejos con pelo en las orejas.

—Perfecto —dijo—. De prisa, Ben, pruébatelo mientras busco unas medias adecuadas.

Juro que eligió el par de medias que causaban mayor escozor de toda la tienda.

Para la noche del domingo todas las personas que me abrazaban como si me conocieran se habían ido, y quedábamos solamente la tía Jeanie, Leo, Flip y yo, sentados a la mesa de la cocina. Mi tía seguía con la crema facial, pero no podía esconder lo que había llorado en los últimos cuatro días. La escuchaba por la noche, a través de la pared. Ella y Leo paraban en la habitación de mamá.

—No dejes que el perro se siente en tu falda, Ben —me dijo Jeanie—. No cuando tienes puestos esos pantalones. El pelo... nunca podrás sacártelo.

—Cariño, tranquila —dijo Leo—. ¿Quieres terminar como tu hermana?

—Bien, Leo.

—Oh cielo, lo siento.

—Bien, eh.

—Sabes lo que quise decir.

Apoyé a Flip entre mis pies. Se sentó como había aprendido en el centro de entrenamiento, las patas delanteras en alto, y entonces caí en la cuenta de que no lo había llevado a su última clase. Teníamos una oportunidad más, si no habría que empezar el curso desde cero y volver a pagar la tarifa completa.

—Tenemos que hablar sobre cómo serán las cosas de ahora en adelante —dijo mi tía—. Claramente vendrás a vivir con nosotros. Tess dejó indicaciones, y eso es lo que ella quería. Además dejó algo de dinero para ti, lo suficiente como para tus primeros dos años en la universidad, quizás. Me dejó a cargo del dinero hasta que cumplas dieciocho.

Yo sabía eso. Mamá me había preguntado si estaba de acuerdo con lo que tenía en mente para mí en el caso de que ella muriera. Yo le dije "claro". ¿Qué otra opción tenía?

—Mira, campeón, todo va a estar bien —dijo Leo—. Incluso estoy entusiasmado de un modo extraño. No en una manera extraña. Sabes lo que quiero decir. Podría ser tu entrenador en las pequeñas ligas o algo así.

Leo era enorme, pero la mayor parte era grasa. No lo veía lanzando una bola sin sufrir un ataque cardíaco. Tenía unos sesenta y pico pero parecía mayor.

—No quiero ser un problema —contesté.

—Deja de hablar así —dijo la tía Jeanie—. Estamos contentos de tenerte con nosotros.

—Contentos de tenerte, sí —dijo Leo también, salvo que mi tía lo interrumpió.

—La primera prioridad de la lista es que tomes lo que quieras del apartamento. A fin de mes le devuelvo las llaves al propietario, y tengo a alguien para que me venda los muebles y esas cosas. Todo lo que no quieras, se va.

—No hay mucho lugar en casa, campeón. Todos esos libros. Deberías considerar la opción de adelgazar tu colección. Voy a conseguirte las versiones digitales, es mucho más eficiente.

—Está bien —dije.

—No, no, realmente quiero hacerlo —dijo Leo—. Quiero comprarte un regalo, ¿sí? Me siento mal por ti, quedando huérfano una vez más y todo eso.

—Leo, ¿de verdad? —dijo la tía Jeanie.

—Solo digo —respondió.

—Los puedo volver a vender en Strand —dije—. La tienda de libros usados. De ahí es de donde vino la mayoría.

—Muy bien —dijo Leo—. Algunos dólares para tu bolsillo. Tienes espíritu comercial, mi clase de tipo.

Miré a mi alrededor. Mis ojos se posaron en la foto de Laura.

—¿Puedo llevarla a ella?

—Bueno, eso estaría bien, Ben —dijo mi tía. Me dio unas palmadas en el hombro, acercándose pero manteniendo la distancia—. Sí, supongo que a Tess le gustaría eso.

Tess, no mamá. Dos años estuve con ella. De repente me sentí furioso. Me acababa de dar cuenta: era la persona con la que más tiempo había estado en mi vida. Pedí permiso para levantarme y fui con Flip a mi habitación, que dentro de poco sería de otra persona. Descolgué mi póster de Chewbacca, lo enrollé y lo guardé en un tubo de papel para envolver regalos que decía ¡FELICITACIONES! una y otra vez.

Chequeé mi teléfono. Tenía como una docena de mensajes de texto de Halley. Empezaban el jueves a la tarde con un "¿Dónde estás?" y terminaban el sábado con un "No tengo idea qué te hice para que me ignores así, pero sea lo que sea lo siento".

Simplemente no sabía cómo volver a hablarle. ¿Qué? ¿Debía decirle que mi mamá había muerto cuando apenas la conocía? No sé, simplemente no quería que se sintiera mal por mí o que se sintiera mal a secas, incluso cuando sabía que la estaba haciendo sentir mal por no responderle.

—¿Ben?

Prácticamente salté de la cama cuando entró la tía Jeanie. Mamá siempre golpeaba antes, incluso si la puerta estaba abierta, y esta vez no lo estaba.

—Tu directora dejó mensajes para Tess en el contestador. Tres. Aparentemente estuviste peleando.

Sabía que el maldito Chucky se acobardaría.

15

PROHIBIDO FUMAR EN LO DE LA DIRECTORA PINTO

Al día siguiente, luego de las clases, tuvimos una gran reunión en la oficina de la directora Pinto: Rayburn y su mamá, Angelina y Ronda y sus madres, Chucky y la señora Moho, y Leo y yo, porque la tía Jeanie tenía que trabajar. Resultó que no había sido Chucky el que había delatado a Rayburn. Había sido Ronda.

La mamá de Rayburn se llevó a la boca uno de esos cigarrillos electrónicos.

—Discúlpeme, pero no —dijo la directora Pinto.

—No es humo de verdad —dijo la mamá de Rayburn—. Es *agua*.

—No cerca de las instalaciones de la escuela —contestó la directora—. Entonces, Damon, tienes algo para Ben.

Me devolvió los auriculares. Yo ni siquiera los quería de regreso después de que él los hubiera usado.

—¿Y?

Rayburn puso los ojos en blanco.

—Damon, ¿quieres que te encierren? Dale la mano a esos chicos. Y hazlo en serio.

Estaba temblando, como si estuviera a punto de llorar o matar a alguien. Angelina resoplaba y Ronda miraba hacia arriba.

—Ahora firma ese acuerdo —le dijo su mamá. En él Rayburn prometía encontrarse con su consejero pedagógico dos veces a la semana. Firmó.

—¿Eso es todo? —preguntó Chucky—. ¿No va a ir a la cárcel? ¿Ni siquiera una maldita *suspensión*? ¡Me dio una trompada en la boca!

—Charles —dijo la señora Moho.

—Por mi parte estoy algo de acuerdo con Chuck —dijo Leo—. Miren, no estoy diciendo que le pongan grilletes a Dennis, los chicos siempre son chicos, ¿pero no creen que están siendo muy suaves? Quiero decir, ¿ir con su *consejero* pedagógico? ¿Realmente pensamos que eso va a funcionar?

—¿Y qué debería hacer *Damon* si no es eso? —dijo la mamá de Rayburn, como si estuviera lista para clavar su cigarrillo electrónico en el ojo de Leo.

—¿Permitir que Chuck le pegue una trompada? —dijo Leo—. Ey, calma, era una broma.

Todo el mundo lo miró fijamente.

La directora Pinto nos pidió que esperáramos afuera mientras hablaba con los padres y con Leo. Rayburn y Angelina se fueron de inmediato, mirándome como si todo fuera mi culpa.

—Gracias —le dije a Ronda.

—Solo lo hice porque murió tu madre —dijo—. Todavía no tienes permitido decirme hola en el pasillo.

Me dio un empujón poco entusiasta y se fue por la dirección opuesta. Me dejé caer en el banco frente a la oficina de la directora. Chucky hizo lo mismo.

—Yo también, Coffin. Siento mucho lo de tu mamá.

Puso su brazo sobre mi hombro, pero me lo saqué de encima.

—Estoy bien, Moho, ¿okey? De verdad.

—Okey —dijo, y recorrió con un dedo el mensaje que alguien había grabado en el banco: LA OTRA FORMA DE DECIR FRACASO: TÚ.

Cuando llegamos a casa, o lo que solía ser casa, Flip ya estaba frente a la puerta con una de mis medias sucias y mi edición de coleccionista de Wolverine. Leo estuvo a punto de caerse por culpa de Flip.

—Debería empezar a llevar balizas —dijo—. He visto ratas más grandes que él. Será mejor que vayamos empacando tus cosas, campeón.

—Estoy listo —dije, señalando una bolsa de ropa, una caja con libros, la fotografía de Laura y mi póster de Chewie.

—¿Es todo?

Esa mañana había empacado los otros libros y cargado las cajas hasta el correo.

Leo me palmeó el hombro.

—Jeanie no regresará del trabajo hasta las ocho. Juguemos a un videojuego o algo así. Pediré un par de pizzas.

—Tengo que llevar a pasear a Flip.

—Cuando regreses.

—En realidad, tengo que encontrarme con alguien.

—Entendido —dijo.

—¿A qué hora tengo que estar de regreso para cenar?

—No sé, a la hora que solía decirte Tess, supongo, ¿no?

16

LA EXPLOSIÓN ARCOÍRIS

La señora Lorentz no estaba en el mostrador, al menos eso era bueno. Los cuadernos y marcadores de Halley estaban desparramados por toda la mesa como si hubiera explotado un arcoíris. Hoy llevaba boina negra. Ojos verdes refulgentes por solo un instante y luego indiferencia.

—Esta soy yo no hablándote —me dijo.
—Lo siento.
—Eres un idiota.
—Lo sé.
—No sabes nada. Mi madre y yo estábamos pensando si te habías muerto o algo así. Dame tu maldita mochila.

Apoyó a Flip sobre su falda y continuó.

—Aquí estoy yo, haciendo toda la investigación sobre Léele a Rufus. Mamá y yo hablamos por videoconferencia con una escuela en la que los chicos tienen problemas para leer. Todos están increíblemente entusiasmados, y les decimos que estamos listos en cuanto Flip y tú lo estén, ¿y luego tú desapareces? ¿Dónde estabas? ¿Y qué te pasó en la cara?

Le conté, y luego le conté todo lo demás. ¿Sabes cómo te das cuenta cuando alguien realmente te está escuchando? ¿Casi como si pudieras ver las palabras viajando a través del aire, entrando por sus ojos y luego precipitándose a su corazón? ¿Como si quisiera absorber la manera en la que te sientes, incluso si estás triste, porque quiere estar allí contigo? Me abrazó y murmuró:

—Está bien, está bien, puedes llorar.

—Estoy bien, en serio —murmuré yo también.

—De verdad quiero que lo hagas.

—Pero yo no quiero.

Se echó hacia atrás para verme mejor. Me miró durante un rato, y luego ladeó la cabeza. Juro que fue como si pasara de apenas conocerla a conocerla mejor que a nadie que haya conocido, excepto a mamá quizás. No, era al revés. Ella me conocía. Podía leerme la mente.

—¿Sientes como si no pudieras respirar, verdad? —dijo—. Salgamos de aquí.

Esa tarde hacía un calor increíble para ser septiembre, y la costanera estaba llena. Pero de alguna manera, la mano de Halley estaba más helada que nunca.

—¿Cypress Hills, junto al cementerio? —preguntó. Allí es donde vivían Jeanie y Leo—. ¿Vas a cambiar de colegio?

—No, no quiero ser una vez más el chico nuevo.

Todo el mundo se detenía a acariciar a Flip, y él lo adoraba.

—¿Cuánto tiempo estuviste? —preguntó Halley.

—¿Dónde?

—En hogares juveniles.

—Hasta hace dos años.

Halley se detuvo.

—¿Por qué tanto tiempo?

—Fui abandonado. En la estación de policía, ¿sabes? Tenía unos días de vida, según mi expediente. Te hacen exámenes de sangre, para ver si eres sano. Mi sangre tenía drogas.

—De tu mamá.

—Eso espanta a las personas —dije, y alcé los hombros—. A lo único que soy adicto es a las galletas de chocolate que tu mamá deja en el mostrador.

—Lo siento mucho, Ben.

—¿Por qué? La mayoría de las veces los cuidadores eran agradables.

Omití el hecho de que todo cambiaba siempre. La gente iba y venía. Un día hacías una amiga y al día siguiente se había ido, o quizás eras tú el que se iba. Luego de un tiempo dejabas de intentar recordar los nombres.

—Una Navidad recibimos una bolsa de sorpresas. Yo me terminé quedando con un póster de Chewbacca. Nunca lo colgué. Creía que si lo hacía iba a tener que bajarlo pronto —continué. Una vez más estaba diciendo lo que pensaba—. Ey, ¿le dijiste a tu papá que odio la magia?

—Dijo que le gustaría mostrarte un truco o dos.

—No lo creo.

—Puedes contarme, si quieres. Sobre tu mamá.

—Ya lo hice.

—Me contaste que murió. No me contaste nada sobre ella.

—Ahora está en un lugar mejor y todo eso, ¿no? Nada de lo que estar triste, viajero.

—¿Viajero?

—La vida es un viaje. La mejor parte es colina arriba. Las cosas vienen todas juntas, las cosas malas traen cosas buenas, una puerta se cierra y dos se abren, atraviesa las dos.

—¿Solía decirte eso?

—De verdad, Halley, estoy bien. Sí. Está ventoso —dije eso por si empezaba a llorar, cosa que no hice.

—Sí, está ventoso.

—Me gustaría que tuviéramos lentes de sol —dije.

—Seguro.

Me apretó la mano realmente fuerte, sin soltarla, y empezamos a caminar más rápido y sin mirarnos o decir nada por un buen rato.

—¿Y tú, cómo te estás sintiendo?

—Cállate, Ben.

—Lo siento.

—No, es solo que, no sé, tu mamá se muere, ¿y tú estás preocupado por mí?

—No, no es preocupado, para nada. Solo viendo si, no sé, te estás sintiendo bien. Ya sabes.

—No te preocupes por mí. No me gusta perder.

—Ya sé.

—Más te vale. Mis números positivos suben, los negativos bajan. Soy maravillosa. Tú también. Flip es más maravilloso que nosotros dos juntos. Somos un trío de genialidad. Sí señor.

De pronto, me empujó fuera de la costanera y hacia la calle.

—Al diablo. Es hora de que conozcas al único e incomparable Mercurius Raines. ¡Vamos Flip!

17

EL LABORATORIO DE MERCURIUS RAINES

Alquilaba una oficina en el sótano de una iglesia. La entrada era una puerta roja con bisagras negras de metal. Un cartel en letras góticas decía:

> LABORATORIO DE MERCURIUS RAINES
> ENTRE BAJO SU PROPIO RIESGO…
>
> (LECCIONES DE MAGIA CON CITA PREVIA)

—¿Realmente nunca escuchaste hablar de él? —me preguntó Halley—. Es como el rey de los eventos de bar mitzvá. Hace cosas en Manhattan también.

Empujó la puerta y se abrió con un crujido. Flip se subió a mi pierna para que lo levantara en andas.

La música retumbaba: "El aprendiz de brujo" de *Fantasía*. Las paredes eran como las de la biblioteca, serigrafiadas con imágenes gigantescas. Estaban Saturno y la luna, luego la galaxia Halo, y brillando a través del cielorraso, el cometa Halley.

Algunos padres observaban desde la parte de atrás. Tres chiquitos, sentados en sillas plegables, miraban a un cuarto aprender el truco de un mago que tenía una sudadera púrpura y una capa blanca. Parecía tener alrededor de cuarenta años. Llevaba un sombrero plateado y el cabello largo atado en una cola de caballo. La barba, solo en su perilla, también estaba un poco crecida. Las zapatillas doradas brillaban tanto que sentía que estaba mirando al sol de frente. Apoyó una rodilla en el suelo y palmeó la espalda del niño en el escenario.

—Adelante.

El chico frunció el ceño. Chasqueó los dedos, y un globo terráqueo del tamaño de una pelota de básquet se materializó en su índice sin dejar de girar.

—¡No puede ser! —dijo—. ¿Yo hice eso?

—Sí, fuiste tú.

—Mira lo que hice, mamá —dijo el niño.

Halley me dio un codazo.

—Tienes los codos bastante afilados —susurré.

—Y tú costillas bastante sensibles —contestó.

Al terminar la clase Halley nos presentó a mí y a Flip a su padre.

—Me dijeron que no eres un fanático de la magia, ¿es así, Ben?

—¿Cómo hace esa cosa con el globo terráqueo? —pregunté—. ¿O es uno de esos que dicen "Un gran mago nunca revela sus secretos"?

—Ah, yo creo que un verdadero mago comparte toda la magia que puede —respondió—. Dame un minuto que hago una llamada y luego te muestro la ilusión del globo.

Entró a una habitación más pequeña donde tenía su escritorio y cerró la puerta.

—¿Ves? —dijo Halley—. No es un hechicero malvado.

—Es agradable.

—Halley, Ben, ¿me dan una mano? —pidió el señor Lorentz desde el interior de su oficina—. No puedo encontrar mi teléfono. Lo juro, si mi cabeza no estuviera pegada a mis hombros, también la perdería.

Abrí la puerta. El señor Lorentz estaba en la parte más alejada de la habitación, o al menos la mayoría de su cuerpo. Su cabeza no estaba.

Estaba en el otro lado de la habitación, sobre el escritorio.

—Esperen —dijo—, ahí lo encontré.

En el otro extremo de la habitación el cuerpo sin cabeza sacó el teléfono de su bolsillo. Luego cruzó hasta el escritorio y sostuvo el teléfono frente a la cabeza sin cuerpo del señor Lorentz. La cabeza le dijo al cuerpo:

—¿Te molestaría marcar el número?

Halley se destornillaba de la risa y Flip daba vueltas en torno al cuerpo sin cabeza. Saqué mi inhalador e inhalé dos veces.

El cuerpo sin cabeza dio un paso hacia mí, y la cabeza del señor Lorentz volvió a sus hombros.

—Ben, son solo espejos y una proyección de video.

—No, ya lo sé, es solo que tengo que volver a casa para la cena.

Alcé a Flip y me fui de allí. No había hecho una cuadra cuando tuve que sentarme en los escalones de entrada de un edificio. Flip empujaba mi mano para que lo acariciara.

Halley llegó sin aliento.

—Okey, ¿tengo que recordarte que hace poco terminé una ronda de quimioterapia? Salir y moverme un poco me hace bien, pero no estoy lista para una carrera a fondo. De hecho, no eres tan lento como pensaba.

—Realmente aprecio eso.

Me acarició la espalda y luego de un rato recuperamos el aliento.

—Entonces— dijo—, ¿de dónde sale el trauma con los magos?

—Cuéntame sobre tu novela. ¿Qué pasa luego?

—Te contaré luego de que tú me cuentes. Claramente estamos formando algo increíble: esta amistad. Encajamos.

Me guiñó un ojo.

—¿Entonces? —preguntó.

Así que le conté la historia de la caja mágica.

18

LA CAJA MÁGICA

Se llamaba Kayla. Tenía cinco años, yo casi diez. Me seguía como una sombra. Yo era el más grande del hogar juvenil y les leía mucho a los más chiquitos. Ella también era asmática. Solíamos estar juntos en la cocina, con nuestros nebulizadores. Son esas máquinas que te ayudan a respirar mejor. Un montón de chicos tenían asma en ese vecindario. Estábamos en las inmediaciones de la planta nuclear.

En fin, una vez, entre inhalaciones, Kayla y yo estábamos charlando, algo que no hay que hacer mientras estás enchufado al nebulizador, pero Kayla estaba muy emocionada porque se acercaba Navidad. Papá Noel se le había aparecido en un sueño y le dijo que le iba a traer una caja llena de magia. Yo le pregunté "¿Qué clase de magia?".

"La de verdad", me respondió ella, "Papá Noel me dijo que es el tesoro más grande".

Yo ya tenía la caja, un viejo estuche de madera para guardar joyas que encontré en la calle, la noche en que se tira la basura, que es cuando encontré la mayoría de mis libros. La caja era perfecta, Halley, lo juro, con terciopelo azul del lado de adentro. ¿Y qué si la tapa estaba un poquito rota? Podía pegarla. Pero durante las siguientes dos semanas me volví loco pensando qué poner adentro de la caja. Quiero decir, ¿qué podía ser el tesoro más grande? ¿Lo único que necesitas para ser feliz? No existe tal cosa.

Entonces, dos días antes de Navidad, lo resolví, y por supuesto con un libro: *El principito*. Era la historia que me había metido en la ciencia ficción, ese chico volando por todo el sistema solar, tratando de entender qué hace a la vida tan bella. Y aprendes que los ojos no son los que realmente te permiten ver, y que solo puedes ver con el corazón. En fin, supuse que leerle ese libro a Kayla sería lo más cerca que iba a estar de la magia real. Así que le pedí a la persona encargada de mi cuidado que me llevara a la librería. Tenía ahorrada la mensualidad justa como para comprar el libro, y entró en la caja perfectamente.

Llegó la Nochebuena. Cada año teníamos un Papá Noel de visita, y este año era un mago Papá Noel. Era completamente increíble. Quiero decir, transformó el humo de una vela en una cabeza de trasgo. Hizo chispear y desaparecer monedas para que reaparezcan en las manos de los chicos. Estaba empezando a creer que lo que hacía este tipo era real, que la magia era real. Estaba empezando a creer. Entonces hizo aletear las páginas de un libro, y se me ocurrió que podría hacer lo mismo con *El principito*, así Kayla realmente creería que era el tesoro más grande.

Todos los demás niños exclamaban de asombro, excepto yo que empezaba a sospechar que este Papá Noel mágico no quería estar con nosotros, un grupito de descastados, porque miraba una y otra vez su reloj. Al rato estaba tratando de finalizar su show lo más rápido posible, un truco tras otro, sin detenerse para los aplausos. Me eligió como su ayudante, cosas simples como sostener esto o alcanzarle lo otro. Estuve a su lado todo el tiempo, y el teléfono no le dejaba de sonar. Finalmente dijo que tenía que salir un momento porque la señora de Noel estaba llamando, y que volvería enseguida.

Nuestra cuidadora también se había dado cuenta de que el tipo estaba preocupado, así que me dijo que le alcanzara un vaso de sidra caliente. Así lo hice, y lo oí discutiendo con su novia, y diciéndole a los gritos por teléfono: "¿Qué quieres que haga? Son cien dólares. Solo le tengo que dar los estúpidos regalos y luego me largo de aquí". Después dijo: "Bien, bueno, pasa la Navidad sola". Se metió el teléfono en el bolsillo y me vio. Suspiró. "Lamento que hayas escuchado eso. Volvamos adentro y terminemos con esto".

"¿Puedo pedirle un favor?", dije, y le pregunté si podía hacer aletear *El principito*.

"De ninguna manera", dijo. Me contó que el libro del truco no era un verdadero libro sino un montón de cartones armados con alambres súper delgados.

Quedé con el corazón destrozado. Entendí que todo lo demás también era falso. Entonces, ¿el asombroso truco de las monedas? ¿Quién no quiere creer que las cosas puedan desaparecer y luego regresar? "Todo se veía tan real", dije.

Dio un suspiro. "¿Para qué necesitas que ese libro vuele?", preguntó.

Le conté sobre Kayla y la caja mágica y cómo ella esperaba que adentro haya una sorpresa que la deje sin aire. Esas fueron mis palabras exactas. Él las repitió: "Una sorpresa que la deje sin aire. Okey, haré algo grandioso. Le va a encantar".

"¿Qué va a hacer?", pregunté.

"Confía en mí", dijo, "la voy a dejar sin aliento".

Volví adentro y me senté con los demás chicos a esperar la bolsa de regalos. Todos consiguieron algo genial excepto Kayla. Estaba a punto de largarse a llorar, hasta que el Papá Noel mágico dijo "Esperen, casi me olvidaba, queda un último regalo, un regalo extremadamente especial, una caja mágica para Kayla". La hizo aparecer con un floreo desde atrás de su gran capa roja. Kayla estaba tan atónita que los ojos almendra se le pusieron redondos. El mago sostuvo la caja frente a ella y le pidió que levante la tapa. Antes de hacerlo, Kayla me dijo: "¿Ves, Ben? La magia es real".

Levantó la tapa y entonces estalló una nube de humo rojo y crujiente, que en medio segundo llegó hasta el techo. Todos saltamos hacia atrás, pero aplaudíamos porque había sido una sorpresa estupenda, ¿verdad? Todos estábamos cubiertos de esa brillantina roja. Y de pronto todos dejaron de aplaudir.

Kayla estaba en el suelo. Se había enrollado como un bicho bolita, y definitivamente estaba sin aliento. No podía respirar. Todos gritaban que llamaran a la ambulancia, que ella tenía asma, y el mago decía "Pero no es humo de verdad, es solo brillantina, es inofensiva".

Pero había sido el miedo lo que había disparado el ataque, y era uno realmente malo. De tan conmocionada y aterrorizada su garganta se había cerrado. Yo intentaba hacerla respirar con mi inhalador, pero no lo lograba. El nebulizador tampoco. Para cuando llegaron los paramédicos su pecho estaba inflado porque no podía liberar el aire de sus pulmones. Entonces escuchamos el chillido. Era su jadeo. Como si alguien gritara desde muy, muy lejos. Como si no pudieras verlo pero supieras que está siendo asesinado.

19

ALARMAS CONTRA INCENDIOS Y ESCALERAS DE EMERGENCIA

—¿Murió? —preguntó Halley.

—No, pero yo sí —dije—. Al menos para ella. La llevaron al hospital. Me dejaron visitarla una sola vez, y al día siguiente la movieron a una unidad especial en la que solo podían entrar los familiares, salvo que nadie me creía cuando decía que era su familia. Estuvo allí durante una semana. Luego, por supuesto, vino otro chico a ocupar su lugar en nuestra casa, y a ella la cambiaron a una nueva, según dijeron. No quisieron decirme dónde, por ser menor de edad y todo eso. Hasta los dieciséis años mantienen toda tu información en secreto. Le escribí cartas. Mi cuidadora juró que se las enviaba, pero jamás me llegó una respuesta.

Halley pasó el dedo por los números invertidos en la palma de su mano. La tinta estaba desapareciendo, y dentro de poco nada sumaría ciento once. Frunció el ceño y asintió.

—Estoy haciendo la cronología en mi cabeza. Tenías casi diez años, cuando Kayla… cuando pasó todo eso. Te debieron haber adoptado poco tiempo después.

—Dejé de hablar desde el momento en que supe que Kayla no iba a volver a la casa. No sé por qué. Quiero decir, yo ya era callado, pero desde entonces simplemente olvidé cómo hablar.

Cómo hacer los sonidos. Sabía que quería decir hola, pero no podía transmitir las palabras del cerebro a la boca. Por eso enviaron a mamá para que me ayude.

—¿Cómo lo hizo? —preguntó Halley—. ¿Cómo logró que volvieras a hablar?

—Me visitaba tres veces por semana. Me preguntaba cómo estaba, y yo intentaba hablar pero no pasaba nada, así que asentía con la cabeza. Me pidió que escriba en su laptop qué era lo que quería decir. Me preguntó "¿Qué te gustaría que te traiga?" y yo escribí *Libros*. "¿Cuáles?". *De ciencia ficción, sobre todo*. "¿Alguna vez leíste *Duna*?". *Es uno de mis favoritos*. "También es uno de los míos". Y así seguimos. Me traía los libros y durante un rato me leía en voz alta. Tenía una voz maravillosa, totalmente apacible. Una vez hubo un simulacro y se encendió la alarma contra incendios, y mientras todo el mundo estaba como en fila, rápido, vista al frente, en silencio, *marchen*, mamá en cambio me susurró: "Este es un buen momento para que nos escapemos al Dunkin' Donuts".

—Alrededor de la tercera semana —continué—, tipié en su iPad que no lograba entender dónde se quedaban atoradas las palabras. Tenía la sensación de que si ella me podía mostrar en qué parte del cerebro se empastaban, quizás si me mostraba una imagen o algo así, entonces yo podría empujarlas afuera. Simplemente no sabía dónde empujar. Entonces ella hizo esto. Fue magia pura, sin ofender a tu papá. Apoyó la mano en mi cabeza y me dijo: "Me alegra que me cuentes esto, Ben. Estamos a salvo. Las palabras no están atoradas aquí", y palmeó mi frente. "Están atoradas *aquí*", dijo, y apoyó la mano en mi corazón. "Ah", dije. Eso fue todo. No se volvió loca ni dijo nada a los gritos por haberme hecho hablar. Solo me pasó la mano por el cabello y me dijo: "¿Por qué no me cuentas acerca de Kayla?". Y lo hice. Mira, ya sé que no fue del todo mi culpa, ¿está bien?

—¿Qué, lo de Kayla? No fue tu culpa en absoluto. *El principito*. Fue maravilloso. Tampoco fue culpa del Papá Noel. Creo que ya sabes eso.

—Supongo —dije—. No, ya sé. Estaba muerto de miedo.

—Apuesto que sí —dijo Halley—. Pobre tipo.

Flip empujó la mano de Halley y luego hizo su truco de boxeador. Halley sonrió y le dio un beso pero todavía no estaba lista para dejar de estar triste, que fue la razón por la que no le quería contar esa historia en primer lugar.

—Gracias —dije—. Hay solo otra persona con la que puedo hablar de esto. Con la que podía hablar de esto.

—Ella sigue estando contigo —dijo Halley.

—Seguro.

—De verdad. Ella va a estar siempre contigo. Kayla también.

—Cuéntame cómo sigue tu libro.

—Ahora no.

—¿Cuándo?

—Dentro de poco.

—Hace mucho que quiero preguntarte algo. ¿De qué clase es? Solo que no sé cómo.

—Lo acabas de hacer.

—No, quiero decir, tu…

—¿Cáncer? No es mío.

Asentí, sintiéndome un idiota.

—Quiero contarte sobre eso —dijo—. Lo haré. Sé que no es justo, tú contándome sobre Kayla, sobre tu mamá, y yo no contándote sobre *eso*, pero tiene que estar ruidoso.

—¿Ruidoso como qué?

—Como cuando hay mucho tránsito, así es tapado por las bocinas o el chirrido del tren cuando frena. No puedes hablar sobre ese tema aquí, junto al agua. Es demasiado agradable. Solo quiero decirte que eres genial. No digas nada. Siempre voy a quedarme con la última palabra.

Apoyó su cabeza en mi hombro y giró el rostro en dirección al sol, cerró los ojos y acarició a Flip a ciegas.

Cuando llegué a casa, no había nadie en la mesa. Hoy tocaba comida delivery del Palacio del Encantamiento, salvo que todo estaba prolijamente dispuesto en bandejas. Mamá y yo solíamos comer directamente de los envases de cartón. Leo comía mirando la tele, algún programa de ESPN. La tía Jeanie estaba en la otra habitación, en el escritorio de mamá, comiendo frente al iPad.

—Disculpas por llegar tarde —dije.

—No pasa nada, campeón —dijo Leo—, no tienes que preocuparte por eso conmigo.

Le di de comer a Flip y luego cené yo. Después de eso cargamos el coche con bolsas y cajas. Le eché una última mirada al edificio, la ventana de mi habitación, la escalera de emergencia donde las palomas se amontonaban a la mañana temprano. El viejo de arriba que les tiraba migas al amanecer. Cerré los ojos y fingí con fuerza que podía escuchar el arrullo, que podía escuchar la voz de mamá. *Tú y yo nunca desaparece-*

remos. Somos para siempre. Abrí los ojos y, por supuesto, ella no estaba allí. Mi tía me alborotó el cabello. Ella no era de las que despeinaban, más bien de las que peinaban.

—¿No te olvidas algo allí arriba, Ben?

—Nada.

—No llores —dijo, llorando.

—No te preocupes —dije—. No lo haré.

Y no lo hice. Nos subimos al coche y nos fuimos.

20

LA CASA JUNTO AL CEMENTERIO

—¿Piensas que estarás bien aquí, campeón?

Solía ser el cuarto de ejercicios de la tía Jeanie. Movimos la cinta andadora y las pelotas de gimnasia al sótano.

—No quiero sacarles el espacio —dije—. Me sentiría mejor en el sótano.

—Absolutamente no —respondió mi tía—. No con tu asma. No hay aire allí abajo. Quiero decir, no hay problema cuando corro durante media hora.

—No entiendo por qué no corres afuera, muñeca —dijo Leo.

—Esto es una molestia para ustedes —dije—. Flip y yo irrumpiendo en la casa de esta forma.

—Nooo, vamos, no es así —dijo Leo.

—Solo quiero agradecerles. De verdad. Voy a pagar la comida de Flip, también la mía.

—Calma, campeón.

—Hago alrededor de cincuenta dólares a la semana con el reparto de cupones de descuento.

—Vamos, vamos —dijo la tía Jeanie. Parecía como si quisiera decir algo más pero no supiera qué decir. Se mordía el labio. Me palmeó la espalda, manteniéndose a distancia—. Bueno, si nos necesitas estamos al final del pasillo.

Leo bostezó y se estiró mientras se iba.

—Estoy contento de estar en casa —dijo.

La habitación era mucho más pequeña que la que tenía antes. La ventana miraba hacia el cementerio. Suena macabro, pero estaba bien, había un montón de pinos. No podía verlos tan bien por la noche, pero sus sombras relucían a la luz de la luna. A mamá la habíamos cremado, así que no podría visitarla. Después del funeral se llevan el cuerpo, y no lo vuelves a ver. Luego te envían las cenizas, ¿pero cómo saber si son las de ella? Tenían que llegar en estos días.

La tía Jeanie me había hecho la cama, así que estaba bien armada y yo estaba completamente arropado. Recordaba el día en que habíamos tenido la gran charla mamá, Jeanie y yo. No puedo recordar por qué Leo no estuvo allí. La charla en la que mamá le preguntó a Jeanie si cuidaría de mí en el caso de que ella muriera. Jeanie se llevó la mano al corazón (siempre se está llevando la mano al corazón) y sus ojos se humedecieron. "Estoy tan conmovida, de verdad", dijo. "Que creas que yo podría ser buena, ya sabes, que yo podría cuidar de Ben. Leo y yo, bueno, nunca nos hicimos el tiempo para tener chicos. Ya sabes". "Lo sé, corazón", le respondió mamá, "pero si te haces el tiempo, ellos te dan más del que te quitan. Te dan buenos momentos. Tienes un corazón enorme, Jeanie. Más grande de lo que crees". "Es un honor que me lo preguntes", dijo Jeanie. "Entonces voy a tomar eso como un sí", dijo mamá. "No que esté planeando irme pronto. Solo por las dudas. ¿O no, Ben?". Me alborotó el cabello, y luego Jeanie me lo arregló, pero las dos me guiñaron un ojo, y encima de la misma manera, como solo pueden hacerlo las hermanas.

Estuvo bien, salvo que, como dijo mamá, nadie esperaba que realmente ocurriera. Al menos no antes de que yo creciera. Antes de que estuviera viviendo por mi cuenta.

Me quedé mirando la pared de mi nueva habitación, preguntándome dónde colgar el póster de Chewbacca. Flip no sabía si mirarme a mí o a la pared, mientras trataba de entender qué era lo que yo estaba observando. Apoyé la foto de Laura en el escritorio. Tenía una foto más pequeña de mamá y yo, un día soleado que pasamos en la playa. Puse las dos juntas: Laura era como veinte veces más grande que mamá y yo. Miré a otro lado e intenté enojarme conmigo mismo por estar lagrimeando. *Nunca dejes que las colinas te detengan, viajero,* solía decir mamá, salvo que no le molestaría que yo estuviera triste. Claro que ella también me hubiera animado. No quería volver a pensar en eso. Compadecerme de mí mismo y todo eso. Una vez que empiezas es cada vez más difícil detenerse, y antes de que te des cuenta eres un zombi.

Fui a la cocina en busca de un recipiente de agua para Flip. Leo estaba comiendo inclinado sobre la pileta de lavar.

—Hay torta de bizcochuelo pero no queda leche —dijo con la boca llena.

—Gracias, estoy bien.

Flip se sentó detrás de mí y lo observó a Leo por entre mis piernas.

—Se ve adorablemente despistado —dijo Leo—. ¿Sabe algún truco?

—Flip, boxea —le ordené, y Flip se puso a pelear con su oponente invisible.

—Qué cómico.

Leo se sentó en el suelo y fingió tirar golpes con el perro, hasta que le conectó una verdadera bofetada en el hocico, suave pero rápida.

Flip se escondió detrás de mí, estornudando. Leo se arrastró por el suelo como un lagarto, y el perro se puso a lloriquear.

—No creo que le guste mucho —dije.

—Solo estábamos jugando —dijo Leo. Le pasó la mano por la cabeza y se puso de pie, un poco sin aliento—. Es raro que no tengas ninguna forma de llamarme. "Papá" sería muy extraño, ¿no? ¿"Tío"? ¿Tampoco? Mejor dime solo Leo, entonces. ¿Quieres ver tele o algo?

—Mañana tengo escuela.

—Ey, puedo cuidarlo mientras no estás. A Trip, digo. Cuando estás en la escuela.

—Gracias, pero no hace falta.

Claro, como si fuera a dejarle a Flip luego de que lo abofeteó. ¿Había enloquecido?

—Le doy un largo paseo a la mañana y de nuevo cuando vuelvo a casa —continué—. Hum, no quisiera decir nada pero se llama Flip.

—Nunca tuve un perro antes —dijo Leo—. Ven aquí, cachorrito.

Flip se mantuvo inmóvil.

—Se va a quedar durmiendo en la cama hasta que yo regrese —dije—. No tienes que preocuparte por él en absoluto. De verdad, Leo. Igual te agradezco.

—Supongo que ya tienes todo bien planeado —dijo, los hombros en alto—. Que duermas bien.

Entró a su oficina, repleta de cajas. Vendía artículos de golf en eBay, sobre todo esas gorras patéticas con orejeras hasta el cuello y camisetas con frases graciosas, salvo que no me parecían graciosas para nada. La que tenía puesta ese día decía:

P
GOLFISTA

Su especialidad eran los palos apenas usados, decía.

Flip y yo nos acostamos sobre las frazadas. De ninguna manera iba a poder rehacer esa cama tan prolijamente como la tía Jeanie. Le envié un mensaje de texto a Halley con la dirección del lugar para certificar a Flip como perro terapéutico. Leo miraba la tele del otro lado de la pared, y se reía realmente fuerte. Flip tembló y se escondió debajo de mi axila.

Llamé a Chucky.

—¿Está tu mamá allí?

—*¿No es para mandarle el guiño, verdad?*

—Chucky, sé realista por medio segundo.

—*¿Estás diciendo que mi madre es fea?*

—Por supuesto que no. Tu mamá es muy bonita.

—*Cuidado, Coffin.*

Mientras hablaba con él, recibí una respuesta de Halley: ♥

No dormí nada. Miré el reloj hasta que la alarma se acercaba a las 4:30. Alguien abría y cerraba los cajones de la cocina. Cuando finalizaron los ruidos me levanté y le preparé el desayuno a Flip.

La tía Jeanie había dejado una de esas bolsas refrigeradoras en la nevera. La nota decía:

Ben:
No estoy segura si Tess te solía preparar el almuerzo.
No me ofenderé si prefieres almorzar en la cafetería.
Atentamente,
Tía Jeanie

Era un sándwich de tomate y pavo en un pan de setenta granos o algo así, bien cargado con palta, brotes y algo que parecía excremento mutante de ratón pero eran semillas, o eso esperaba. Estaba envuelto en papel film tan apretado como las sábanas de la cama. Me estaba muriendo de hambre y lo comí en ese mismo momento. Estaba bueno aunque fuera saludable. Tomé la mochila para cargar mascotas, y Flip y yo corrimos hasta el subterráneo.

No había asientos libres en el tren. La mitad de las personas tenían uniformes de casas de comida rápida y dormían de pie. El tren iba lento porque con tanta gente las puertas no se cerraban. Perdí la conexión. Estaba tan lleno que tuve que avanzar a los empujones cuando llegó mi parada. Sabía que iba a necesitarlo, así que le di un saque a mi inhalador, y corrí con Flip para recoger los cupones de descuento, y luego corrimos más rápido para llegar a entregarlos a tiempo. El rabo de Flip no dejaba de menearse, como si todo ese apuro le resultara tremendamente divertido.

Para cuando terminé de entregar los cupones estaba todo sudado, y al llegar a lo de Chucky estaba para una siesta, y eso que ni siquiera eran las siete de la mañana.

21

GUARDERÍA CANINA

—Quiero pagarle por esto, señora Moho —dije.

—No seas ridículo, Coffin —respondió, con Flip en brazos—. Molly y Ginger adoran la compañía, especialmente GinGin. Ahora muevan sus traseros y vayan al colegio.

—Regreso pronto, Flip —dije—. Lo prometo.

Me lamió el rostro y gimoteó hasta que la señora Moho cerró la puerta. No había estado allí más de medio minuto y ya me sentía ahogado.

Me quedé dormido en la segunda hora y también en la séptima. Mi cabeza se deslizó entre mis manos y golpeó el pupitre. Al menos ese día Rayburn no fue al colegio. Estaba bastante seguro de que no iba a regresar. Me había acostumbrado a que la gente desapareciera. Salvo que uno nunca se acostumbra realmente. Y entonces solo tienes a los que están siempre frente a ti.

Estaba en la fuente de agua cuando Angelina me empujó desde atrás, lo suficiente como para que el chorro me mojara la camiseta. También solía pegar un chicle en el grifo, así el agua saltaba directo a los ojos. ¿Por qué habría gente que consideraba eso gracioso? Al menos Ronda no se reía, solo puso los ojos en blanco. Ahora que lo pienso, Ronda nunca se reía. Tampoco sonreía.

Después del colegio dejé a Chucky con los nerds del club de ajedrez y corrí de regreso a la casa de los Moho. Hice una parada y compré donas para las niñas. Una de ellas abrió la puerta con Flip en los brazos. Dijo "Ohhh, chocolate", me entregó a Flip, tomó las donas y cerró la puerta. Me alejé. La puerta se volvió a abrir, y la señora Moho me hizo señas para que volviera.

—Mira esto, Coffin.

Me mostró un montón de videos en su teléfono. Así pasó el día Flip:

Primero tuvo un tratamiento de orejas con Ginger. Luego batalló con la niña de tres años.

—Esa es Charlene —dijo la señora Moho—. No, es Charlotte.

Luego Flip se acurrucó para una siesta entre las patas de la golden retriever. Después Flip encontró el tacho de basura, y pasó unos buenos cinco minutos examinando un pañal. La señora Moho no había dejado de reírse mientras lo grababa.

Más tarde los perros salieron al pequeño parche de cemento lleno de maleza que era el patio de los Moho, y jugaron a perseguirse, o algo así. Flip corrió hasta donde estaba la vieja Molly y le mordió juguetonamente el cuello antes de echar a correr de nuevo. Luego la golden sacudió el rabo y cojeó unos pasos hacia Flip, que daba vueltas en círculos.

El siguiente video era Flip en un duelo de miradas contra una paloma.

Al mediodía regresó una de las niñas del jardín de infantes, y vistió a Flip con un camisón de muñecas y moños en el pelo, algo que no lo molestó para nada.

En el último video Flip, Molly y la gata Ginger están tirados en el sillón. Están roncando, y Flip está de espaldas con las patas en el aire como una ardilla dada vuelta. Se despierta y bosteza hasta que se sacude y da un trotecito hasta la puerta principal. Se sienta y ladea la cabeza. Tres minutos después empieza a sacudir su rebanado rabo, y un minuto después aparezco con las donas.

—¡Flip! —dijo Halley. Hoy la boina era rosada. El broche era una fresa. Levantó al perro en andas y entramos al lugar de certificación terapéutica.

Mi instructora le dio a Flip un palo para masticar y luego le dijo:

—No es tuyo.

Flip ladeó la cabeza, pero no soltó el palo. La instructora me pidió que lo intentara. El método que había aprendido del libro de la biblioteca era decir "Deja eso". Flip dejó caer el palo. La instructora apoyó una galleta en el suelo y Flip se abalanzó.

—Deja eso —le ordené. Se dio vuelta sin mirar atrás, trotó hacia mí y me ofreció la pata.

—¡Iuujuu, Flip! —dijo Halley, aplaudiendo.

Lo siguiente fue asegurarme de que Flip no enloqueciera si escuchaba un ruido fuerte, como por ejemplo el grito de un niño. Mi instructora me había hecho leerle a Flip. A sus espaldas dejó caer una sartén de aluminio. Flip se dio vuelta al oír el estrépito.

—Flip, a mí —dije. Se dio vuelta y me oyó leer. Cuando volvió a caer la sartén se le pararon las orejas, pero no se dio vuelta.

—A mí —dije, y se recostó.

Lo siguiente fue lo más divertido. La hija de mi instructora, de siete años, se sentó en el suelo y le leyó a Flip. Cada vez que decía "¿Cierto, Flip?", el perro ladeaba la cabeza.

Lo hice practicar un truco que le había enseñado.

—Flip, ¿quién quiere que le rasquen la barriga?

Flip se acurrucó en la falda de la niña patas para arriba, en la pose de la ardilla. Su rabo barría el suelo unas cien veces por minutos.

—Tiene el don —dijo mi instructora.

—Es un viajero —dije yo.

—Idiota, está hablando de *ti* —me dijo Halley.

Flip le lamió las mejillas a la niña, y luego los labios.

—Puedo enseñarle que deje de hacerlo —le dije a la instructora, pero la verdad es que me costaba evitar que hiciera eso con cada persona que conocía.

22

EL MAGO QUE CABALGABA LA LUNA

Con Halley compramos unos tacos y nos sentamos en la plaza cercana al centro de instrucción, donde vimos a una chica de uniforme militar extra grande hacer trucos asombrosos con el *skate*. Halley le pasaba a Flip pedacitos de pollo.

—Juro que está tratando de decirme algo —dijo—. Mira, lo puedes ver en sus ojos. Ey Flip, ¿qué pasa, chiquito?

—Deberías llamarla Halley —dije—. Digo, a la chica trapecista de la novela. Tienes el nombre más genial que escuché en mi vida.

—¿Es cierto, no? Igual, sería un poco confuso. La llamaremos Helena, como Helena de Troya. ¿Conoces, la *Ilíada*?

—La ojeé por encima en SparkNotes.

—Fue la mujer que era tan hermosa que todos los griegos y los troyanos se volvieron locos y se mataron por ella. ¿Perfecto, no? No te estoy preguntando. Solo di que sí. Muy bien. Ahora, el electricista. Dime un nombre de héroe que comience con B.

—Bruce —dije—. Como en Bruce Wayne. ¿Hola, Batman?

—Yo estoy pensando en tragedias grecorromanas y tú me das nombres de historietas. ¿Quieres que se llame Bruce?, está bien. De todas formas, él eres tú.

—Guau.

—¿Qué pasa ahora?

—Estoy halagado de ser parte de tu historia.

—*Nuestra* historia —dijo—. Decidí que vamos a escribirla juntos.

—No hay chance. Soy malísimo para las historias.

—Lees como un vampiro que se alimenta de tinta. Necesito tu ayuda en esto. Incluso si escribo un libro por año, tendré mucho por hacer si quiero producir ciento once libros antes de que me muera. Contigo será el doble de rápido y el doble de entretenido. Y si eres malísimo te despediré, si eso te hace sentir mejor. Mira, Flip está haciendo la PADV.

Así es como ella llamaba a la "pose ardilla dada vuelta".

—¿Qué pasa, Flip? ¿Qué estás tratando de decirme, bananita loca?

—Helena y Bruce, en el libro —dije—, ¿son solo amigos?

—*Mejores* amigos. Okey, esto es lo que tengo por ahora. Es de noche. El Luna Park está cerrado. Bruce, el niño electricista, está sobre la plataforma desde donde se ilumina el paseo del trapecio. El mago está junto a él.

—¿Es obvio que lo llamaremos Mercurius, no?

—¿Hay necesidad de preguntar? Mercurius y Bruce están observando a la trapecista.

—Helena.

—Sip. Está en lo más alto del mástil, preparándose para columpiarse. Bruce la ilumina con un foco que es tan brillante como la luna. Está preocupado, lo mismo que Mercurius. Parece que la hermosa Helena está desabrochando los cables de seguridad.

—¿Por qué?

—Eso es lo que quiere saber Bruce, el superhéroe electricista. Helena grita desde la plataforma: "El problema es que los cables te permiten columpiarte solo hasta cierto punto, luego te frenan. Necesito saber qué tan alto puedo llegar. Nunca seré excepcional si nunca averiguo qué se siente volar libre". Se columpia alejándose de la plataforma, más y más arriba, hasta que está tan alta como las estrellas. El mundo es tan hermoso desde allí, Ben. Todo resplandece, la luna en las olas, la propia ciudad, iluminada en plata y oro. De pronto Helena se da cuenta que está volando más alto de lo que podría haber imaginado, y se asusta. Sus manos transpiran y resbalan de la barra.

—Bruce corre lo más rápido que puede hasta donde termina la plataforma —digo—, y atrapa a Helena.

—¡Mi héroe! Salvo que, auch, ahora *ambos* están cayendo... hasta que de pronto el tiempo se detiene.

—Espera un segundo —digo—. El tiempo no se detiene. Es matemáticamente imposible.

—La matemática apesta; en nuestra historia el tiempo puede detenerse, y de hecho lo hace. Helena y Bruce dejan de caer. El océano se congela. Es como una instantánea. El Luna Park se funde a oro.

—¿El Luna Park de 1905?

—Exactamente. No están fuera del tiempo después de todo. Han caído en una de las grietas que existe entre cada momento. La torre dorada sale a su encuentro. Están en la cima ahora, y el cielo los entibia con su luz rubia y sedosa. Las estrellas giran fuera de lugar, siguiendo el patrón de las estrellas fugaces en la capa de Mercurius, que está sentado en la luna. "Bueno", les dice a Helena y Bruce, "miren en el lío en el que se metieron".

—¿Y? —pregunté—. ¿Qué sucede luego?

—Solo la mayor de las aventuras —dijo Halley, y alzó los hombros—. Lo resolveremos a medida que avancemos.

—Es genial cómo extraes ideas de mí de este modo.

—Tengo que grabarlo todo en el teléfono antes de que nos olvidemos.

Y lo hizo. Cuando terminó de hablar, se puso una patita de pollo en los labios y se inclinó hasta estar frente a frente con Flip. Obviamente el perro le arrebató el bocado de los labios.

—Alimentarlo de tu boca no ayuda mucho a que deje de darle besos a la gente —le dije.

—¿Por qué querrías que deje de hacer eso? —contestó.

La *skater* hizo un salto hacia atrás y la multitud la vitoreó. El tren de la hora pico retumbó bajo la calle. Los frenos del autobús sonaban como el resoplido de los elefantes.

—Está muy ruidoso aquí.

Ella asintió.

—Todavía no quiero hablar de eso.

—Okey. Solo quería saber si estabas, bueno, bien.

—Ben, le voy a patear el trasero a esta cosa. De verdad, lo voy a hacer. Estoy segura. Voy a llegar al punto de tener cero cáncer en mi cuerpo. Luego lo único que tengo que hacer es mantenerme limpia durante cinco años, y me dirán que están casi seguros de que no regresará. Ahora sostén mi mano helada, y no más charla.

Nos dimos la mano y miramos pasar una nube con forma de barco.

—¿Estás pensando lo mismo que yo? —dijo.

—Quieres meter en la historia un barco que viaje por las nubes.

—Telépata.

—¿Qué tal una nave espacial?

—*Sabía* que ibas a transformar esto en una historia de ciencia ficción —dijo—. Estoy de acuerdo con la nave espacial, pero en ese caso tendré que poner otro mago.

—La llamaremos la Contessa de la Luz Estelar —dije—. Tess para abreviar.

—Sí, y su varita está hecha de roentgenio.

—Mejor que sea algo como un bastón mágico. Tess tiene una renguera muy leve, quizás una pizca de artritis, pero nunca la escucharás quejarse, ni nada así. Es por eso que todos la aman. Se enfrenta a todas las cosas malas que se interponen en su camino, y en vez de dejarse vencer, se levanta. Levanta a todos los que están a su alrededor y los lleva cuesta arriba.

—Suena maravillosa, Ben Coffin. Suena verdaderamente genial. Es mi tipo de heroína, y el personaje perfecto para nuestra historia. Sabía que te había contratado por una razón.

23

LEO SIGNIFICA LEÓN

—Hola —dije.

La tía Jeanie estaba al teléfono. Leo estaba en el sillón. No me saludó. Hizo una mueca y se metió en su oficina. Mi tía colgó el teléfono.

—¿Hice algo mal? —pregunté.

—Está… *triste* porque no le confiaste a tu perro.

—No es eso —dije.

Leo se asomó desde la oficina.

—Es exactamente eso —dijo—. Puedo parecer más estúpido de lo que soy, campeón, pero no lo soy, ¿okey? ¿Cuándo empezaron a permitir perros en el colegio, por ejemplo?

Les conté sobre la casa de los Moho.

—Es más fácil para todos —expliqué—. Lo hago correr mientras entrego los cupones, y luego lo dejo en esa casa donde hay otro perro y unos chicos con los que jugar.

—Más fácil —dijo Leo—. Claro, esa es la razón, Jeanie. Es más fácil.

Resopló y volvió a cerrar la puerta.

La tía Jeanie dio un par de palmadas en el taburete junto a ella; me senté. Con un quitapelusas me sacó todos los pelos de perro que tenía en la camiseta.

—Quiero contarte un secreto —me dijo—. Tienes que mantener esto entre tú y yo. La palabra Leo significa león. Tiene un corazón de león. Enorme. Sensible. ¿Me entiendes? Se siente herido con facilidad. Ben, quiero que estés lo más cómodo que puedas. Todos tenemos que trabajar nuestra confianza mutua, ¿okey?

—Confío en ustedes.

—No estoy tan segura. Fue horrible perder a Tess tan repentinamente. La vida es horrible a veces, o la mayor parte del tiempo. Tenemos que ser realistas y evitar los momentos difíciles cuando podemos. Incluso si no necesitas a Leo, simula que lo necesitas un poco, ¿sí?

—De hecho, sí lo necesito —le contesté.

Golpeé la puerta de la oficina de Leo. La abrió rápido y movió la cabeza como preguntando qué quería ahora.

—Necesito un responsable para la certificación de Flip como perro terapéutico.

Frunció el ceño un instante y luego alzó los hombros.

—Está bien.

Me dio la mano, enorme.

—¿Quieres jugar algún videojuego? —preguntó.

Era un juego de carreras en su computadora, de hace como un millón de años. Leo era el tipo de persona a la que *realmente* le gustaba ganar. Flip estaba refugiado bajo mi brazo, del lado opuesto a Leo, cuya camiseta decía MANTÉN LA CALMA Y CÁRGAME LOS PALOS. ¿Queeé? Encima me agarró leyéndola.

—Es buenísima, ¿no? —dijo—. Espera, te doy una.

—No hace falta.

—De verdad, no hay problema. Tengo una caja llena.

—Genial —dije.

—Campeón, hablando de cajas, quizás quieras echarle una mirada a esos libros y separar los que quieras vender. A mí no me molesta, pero Jeanie está un poquito loca con el tema de las cosas desparramadas por el sótano. Es una obsesiva del control, digamos. Una obsesiva del orden, quiero decir. Hagas lo que hagas, no le cuentes que le dije obsesiva del control.

—No se lo diré nunca.

—Nosotros haciéndonos amigos, ¿eh? Dos tipos guardando secretos. Es divertido, ¿no?

24

EL EXAMEN

Flip y yo entrenamos toda la noche y el día siguiente en el parque después del colegio. Halley se quedó con su madre llenando formularios de último minuto para conseguir la aprobación de la gente de Léele a Rufus y montar el programa en la biblioteca, pero definitivamente iba a acompañarnos al examen del día siguiente. Como era Rosh Hashaná no habría clases. El examen estaba programado para las diez y media, y era el último turno disponible hasta noviembre. Yo no podía esperar tanto. La gente de Léele a Rufus nos dijo que los niños estaban muy entusiasmados y listos para empezar apenas Flip aprobara su examen.

Me desperté temprano esa mañana de Rosh Hashaná, la del examen. Probablemente tampoco había dormido la noche anterior. Me puse la camiseta que me dio Leo para hacerlo feliz. Cepillé a Flip para que se viera afilado para el examen. La tía Jeanie tomó el quitapelusas y antes de salir para el trabajo juntó los dos pelos locos que habían caído en la alfombra. Le di un buen paseo a Flip y unos pedacitos de cheddar. Eran las nueve y cuarenta y cinco y todavía no había señales de Leo.

Fui hasta su habitación y golpeé la puerta, y luego golpeé más fuerte. Nada. Entré. Flip se quedó observándome desde el pasillo.

—Gracias, amigo —le dije.

Leo parecía muerto, salvo que los cadáveres no roncan tanto, como si Darth Maul te limpiara los tímpanos con un cuchillo serrucho. Le sacudí el pie bruscamente.

—¿Leo? ¡Leo!

Me senté en el borde de la cama. Supongo que no me sorprendía. Esperar que te decepcionen no lo hace menos doloroso. Justo cuando piensas que las cosas pueden ir mejor, ¿por qué todo tiene que salir tan mal?

Llamé a Halley y le conté las noticias. Estaba bastante enojada. Quería que tomara un par de timbales y los hiciera retumbar sobre los oídos de Leo, pero claro que no había ningún timbal cerca. "Okey, mira, no nos vamos a dar por vencidos", me escribió. "Súbete al tren de todos modos. Tengo una idea".

Halley nos esperaba frente a la puerta, al igual que Mercurius. Debía haber llegado de alguna clase de magia porque todavía llevaba la sudadera púrpura brillante. Tenía una gorra con brillitos de los Brooklyn Cyclones. Halley no llevaba ninguna gorra; pero sí una peluca rosa furioso, bien corta, con los cabellos en punta. Se veía recontra genial.

—Hum, esa camiseta—dijo.

—Lo sé —contesté.

—¿"CÁRGAME LOS PALOS"?

—Yo tampoco tengo idea.

—No importa. Hagamos esto.

Entramos.

—Vengan todos —dijo Halley. Los tres humanos juntamos las manos, y Flip apoyó su pata—. ¿Coffin? Tú mandas. ¿Flip? Tú también. No tomen prisioneros. No tengo idea qué quiere decir esto. Lo que sea. Pa, ¿algunas palabras para los chicos?

Mercurius me despeinó el cabello.

—Solo recuerda una cosa —dijo.

—¿Sí?

—Eres mágico.

El tipo de la certificación me llamó por mi nombre. Su identificación decía Sr. Thompkins.

—Gracias, señor Thompkins —dije, y extendí la mano.

—¿Por qué? —respondió, sin extender la suya—. El examen comenzará en cinco segundos, cuatro, tres, dos, uno.

Teníamos que pasar nueve etapas, que fueron las siguientes:

1. SALUDAR AL EVALUADOR. Flip le dio la pata al tipo. Hecho.

2. QUIETO. Le ordené quedarse quieto, luego me alejé. Puso cara de suicida y se dejó caer al piso, pero se mantuvo inmóvil. Bingo.

3. VEN. Como si no fuera a hacerlo.

4. IGNORA AL EXTRAÑO. Un tipo con cara de loco entró gritando que alguien le había robado la bicicleta. Flip lo miró hasta que le dije "Flip, a mí". Se quedó mirándome fijo. Halley gritó "¡Bien!" y el señor Lorentz aplaudió hasta que Thompkins, luego de mirar un par de veces la brillante sudadera púrpura, dijo "No se permite alentar. *Gracias*".

5. VISITAR A UN ENFERMO. Thompkins se sentó en una silla de ruedas. "Ve a saludarlo, Flip", dije, y fue hasta la silla y se apoyó contra la pierna del evaluador.

6. SOBRESALTAR. Thompkins intentó el viejo truco de la sartén de aluminio. Flip bostezó.

7. DEJA ESO. Pero por favor.

8. ENCONTRARSE CON OTRO PERRO. Hicieron entrar a un pastor alemán. Flip le husmeó el trasero y luego le ofreció el vientre en la pose de la ardilla dada vuelta.

9. CARIÑO ADECUADO. Aquí estábamos, el único lugar en donde podíamos fallar. Thompkins se sentó en el suelo y lo llamó a Flip. Flip se sentó a sus pies. "Flip, acurrúcate", dije, y se anidó en la falda del gruñón. Justo cuando creía que ya podíamos irnos a casa, Flip se abalanzó al rostro de Thompkins y le dio un lengüetazo en la boca. Thompkins puso cara de asco. Halley y el señor Lorentz tenían la cara de quien presencia un naufragio.

Thompkins fue hasta su escritorio y frunció el ceño mientras escribía en su estúpido formulario de evaluación. Lo selló con fuerza y me volvió a llamar.

—Supongo que el caballero con la ropa de ejercicio lavanda es tu responsable.

—Sip.

Le hizo una seña a Mercurius.

—Firme aquí, por favor.

Luego me pasó el papel y me lo hizo firmar. Esto es lo que decía:

ESTA LICENCIA CONFIERE AL PORTADOR EL DE-
RECHO LEGAL DE ENTRAR CON EL ANIMAL TERA-
PÉUTICO AQUÍ MENCIONADO EN HOSPITALES, ES-
CUELAS Y OTROS ESTABLECIMIENTOS DONDE LOS
TALENTOS DE LOS ANIMALES SEAN REQUERIDOS O
DESEADOS.
CUIDADOR: BEN COFFIN
RESPONSABLE: MICHAEL LORENTZ
ANIMAL TERAPÉUTICO: FLIP COFFIN

Había otra página con una RECOMENDACIÓN ESPECIAL. Thompkins escribió: *El señor Coffin demuestra estar en verdadera gracia con Flip. Rara vez he visto una confianza tan genuina entre perro y hombre. Espero que este perro excepcional y su cuidador igualmente excepcional continúen reparando corazones. Este mundo está a punto de convertirse en un lugar mejor.*

Halley levantó el puño en alto y chocamos nudillos.

—Eres un verdadero matador —dijo. Cuando choqueé nudillos con Mercurius de ellos salieron chispas, pero no como la vez de la caja mágica de Papá Noel. Esa vez habían tenido el color de la sangre, mientras que las del papá de Halley eran rosas y azules y más tranquilas, suaves, como un suspiro en vez de un grito.

Halley tomó a Flip en brazos, y cuando salimos ocurrió lo más loco. La sombra de una paloma voló a lo largo de un edificio hasta encontrarse con la paloma que se posó sobre la cornisa, y en ese momento me largué a llorar, tan fuerte que pensé que se me iban a salir los ojos. Lo sé, fue algo tan aleatorio lo que lo inició, pero fue realmente hermoso. Como que cuando el pájaro estaba pasando por aquí, muy rápido en el aire, su sombra estaba siempre con él, aunque no pudiera verla. Pero cuando aterrizó, ahí estaban, juntos una vez más. Este hubiera sido el día más feliz de mi vida si mi mamá hubiera estado aquí para verlo. No les dije eso a Halley y a Mercurius, aunque tampoco hacía falta. Me abrazaron y me palmearon la espalda, pero no dijeron "Está todo bien", y realmente aprecié eso.

25

LA PLATAFORMA DE LANZAMIENTO

Los Lorentz me invitaron a mí y a Flip por Rosh Hashaná.

—Vas a comer tanto que seguramente termines vomitando —dijo Halley.

—Suena genial —dije. Llamé a la tía Jeanie y dijo que no había problema, que de todas maneras iba a trabajar hasta tarde. No le conté que Leo se quedó dormido, y supongo que él tampoco se lo dijo, porque ella no lo mencionó. Pensé que ella se había olvidado del examen hasta un instante después de despedirme.

—*Espera, ¿cómo le fue al perro?*

—Aprobó.

—*Oh eso es maravilloso, Ben. Estaba preocupada.*

—¿Por qué?

—*Bueno, porque sí. Ya sabes.*

Yo realmente no sabía.

—*Estoy seguro que Tess está orgullosa de ti* —continuó—, *mirándonos desde arriba. ¿Verdad?*

—Ajá.

—*Muy orgullosa. Sí, ve y disfruta. Sé amable y agradecido.*

—Lo haré.

—*Bien. Bien. Okey, hasta luego.*

El apartamento de los Lorentz era agradable, lleno de libros. Las pinturas eran de Halley, desde cuando estaba en preescolar hasta el presente. Mi favorita era una del planeta Mercurio. Su padre estaba parado encima. Sus brazos apuntaban al cielo y agitaba una batuta como si estuviera conduciendo el movimiento de las estrellas.

La habitación de Halley estaba cubierta de novelas de una pared a otra. Tenía cada maldita edición de *Jane Eyre* jamás impresa, como si una no fuera más que suficiente. Flip se subió de un salto a la cama, y ella saltó con él mientras yo revisaba los libros.

—Leí Iron Man, como me dijiste que hiciera —dijo—. ¿Cómo es que yo, una sofisticada joven con una inteligencia casi paranormal, esté embelesada con un personaje de burda historieta? Estás provocando un efecto espectacularmente negativo en mis hábitos de lectura.

—De nada —dije—. Sigamos trabajando en la novela. A todo esto ¿cómo se titula?

—Estuve pensando mucho en eso. No te alteres, pero quiero llamarla *La caja mágica*.

—Hm —dije.

—Ben, vamos a tomar lo más negativo de tu vida y transformarlo en el tesoro que querías que fuera.

—¿Cómo?

—Okey, es así: Helena y Bruce se han deslizado por una grieta en el tiempo, y ahora están de regreso en el viejo Luna Park, ¿no? El de 1905.

—*De noche en el país de los sueños.*

—Sí señor. Mercurius les cuenta a Helena y Bruce que hay una sola forma de sobrevivir a la caída. Tienen que llegar al momento exacto en que Helena decidió columpiarse sin los cables de seguridad y, en vez de eso, ella y Bruce deben ir al McDonald's a atiborrarse de McFlurries de Oreo y hablar de sus libros favoritos.

—¿Algo así como una segunda oportunidad?

—Exactamente.

—¿Y cómo hacen para llegar de 1905 al minuto antes de que Helena salte desde la plataforma?

—Resulta que la torre de luz dorada de 1905 es en realidad una nave espacial.

—Me encanta —dije.

—¡Sabía que te gustaría!

—La nave espacial va a conducir a Helena y Bruce hacia la Contessa de la Luz Estelar.

—¿A ver?

—Mira, ella es la única que sabe cómo hacer para que Helena y Bruce regresen al lugar correcto a su debido tiempo, hacia donde pueden evitar todo lo del trapecio y en cambio ir por unos McFlurries. El problema es que la Contessa está muy, muy lejos, en otro planeta, haciendo lo de terapia del habla.

—Por supuesto. ¿En qué planeta? —preguntó Halley.

—No está ni siquiera en nuestro sistema solar —dije—. Está escondido en otro cúmulo estelar. El secreto de su ubicación está en la biblioteca, por supuesto. Tienen que ir a la sucursal de Viaje Interestelar, que es la atracción principal de Libris, una luna recién descubierta de Neptuno.

—Amo Neptuno. Tiene el más maravilloso tono de azul.

—Que es la exacta razón por la que lo elegí —dije—. Allí buscarán la guía de…

—Penny, la Guardiana de los Mapas Estelares.

—¿Tu mamá se llama Penny? Las mujeres de tu familia tienen nombres verdaderamente buenos.

—Lo sé.

—Penny la bibliotecaria. Genial.

—Técnicamente se llaman especialistas en medios.

—Técnicamente necesito compota de manzana si no queremos que los latkes tengan sabor a que los quemé un poco —dijo la especialista en comunicaciones interestelares Penny Lorentz desde la cocina. Fuimos en busca de la compota y corrimos de regreso al festín.

26

EL RAP DE HALLEY

Los latkes eran tan grandes como waffles. Todos le dábamos a hurtadillas pedacitos de carne a Flip, algo que no tenía sentido porque todos sabíamos que los demás también lo hacían. Después del postre jugamos Scrabble con Cheez-Its y M&M de color azul. El señor Lorentz comenzó a silbar una canción del musical *El hombre de la Mancha*, según me contó Halley. Aparentemente era una de las favoritas de Mercurius, y luego la señora Lorentz empezó a cantar la letra, y antes de que me diera cuenta estábamos todos cantando sobre ese viejo que nunca se rinde, que sigue insistiendo sin importar lo mal que se pongan las cosas.

—Me está por brotar una canción original de Halley Lorentz —dijo ella—, oh sí señor.

—Que salga entonces —respondió Mercurius.

—Necesito una base rítimica, por favor.

Su padre se la proveyó, e incluso empezó a sacudir la cabeza.

—Okey, eso es total y adorablemente patético, pero alcanza.

Luego rapeó:

Tengo un nuevo amigo, su nombre es Ben
Mata con la pluma, aunque él no lo ve

Poeta yo no sé, pero eso ya se ha visto
Mi chico tiene historias que te dejan en el piso
Amigo hasta el final, salvó a un perrito
A mí todos los días me rescata del frío
Flip el poderoso, no sé cómo me curan
Aquí con ustedes me siento como nunca
Si afuera siempre llueve, para ti diluvia
Y hasta granizando te mantienes en la vía
Honras a tu madre, no pierdes esperanza
Repartes tus cupones y todo te alcanza
Es un Año Nuevo, se dice Rosh Hashaná
Ma y Mercurius, Flip y nosotros, ya lo verás

Alzó su copa de sidra burbujeante.

—¡Shana Tová para todos! Feliz año nuevo. Estoy tan contento de que estemos todos juntos.

Su madre me palmeó la espalda y me dijo en voz baja:

—Sí, estamos *todos* aquí. Estamos *aquí*.

Apoyó el dedo índice en mi corazón. Luego me despeinó de la manera que solía hacer mamá, me dio un beso en la frente y me abrazó y no me dejó ir.

Mercurius señaló la ventana. Un rayo láser dorado salió de su dedo y golpeó contra el vidrio, y una explosión silenciosa de fuegos artificiales iluminó el cielo sobre Brighton Beach y a lo lejos el Luna Park. De noche en el país de los sueños. Sabía que era solo una videoproyección, pero resplandecía y era hermosa y deseaba que fuera real. Las atracciones del parque daban sus vueltas y las luces no dejaban de girar.

27

EN LA PRIMERA FILA DEL RING

Me llevaron a casa en la 4x4 púrpura del señor Lorentz, y durante todo el viaje cantamos *El hombre de La Mancha*, que luego devino en canciones pop, y luego de alguna manera en villancicos de Navidad en pleno septiembre, y finalmente en la canción de Halley. Flip intentó cantar con nosotros. Cuanto más nos reíamos, más lo hacía.

—Está a medio camino entre un aullido y el gorjeo que hace Gizmo en *Gremlins* —dijo Halley.

El Mercurius-móvil se detuvo frente a la casa, y tuve que simular que no era el tercer momento más triste de mi vida, tener que bajarme de ese coche. Las luces estaban apagadas, y los Lorentz esperaron a que yo entrara antes de volver a arrancar. Encendí la luz y Flip gimió. Leo estaba sentado en el sillón, sin tele, sin iPad ni música. Le dije hola y sacudió la cabeza. Sus ojos estaban vidriosos.

—Jeanie está realmente enojada.

—¿Por qué? ¿Qué es lo que hice? —pregunté.

—Enojada *conmigo*. ¿Por qué no me despertaste?

—Juro que lo intenté.

—Entonces no intentaste lo suficiente —dijo. Hablaba raro, en voz baja, como en cámara lenta—. Creí que había postergado la alarma, pero en vez de eso la apagué.

—Salió bien de todas formas.

—Para ti salió bien —dijo—. Ahora parezco el villano de la historia. Para ella, al menos. Hablando del rey de Roma.

La tía Jeanie apareció con los ojos enrojecidos. Me dijo hola. Tenía una caja de madera bajo el brazo, bonita, apenas más grande que la que había activado el ataque de asma de Kayla.

—¿Qué hay en la caja? —preguntó Leo.

—¿Cómo pudiste, Leo? —contraatacó ella—. Puedo olerlo desde aquí. De ninguna manera voy a sufrir esto de nuevo.

—Por el amor de Dios, Jeanie, relájate, fue una maldita cerveza.

—No fue *una*.

—¿Tienes que avergonzarme frente al chico?

—Te avergüenzas solo.

—¿Un tipo no puede tomar un par de tragos en su propia casa cada cinco años?

Se puso de pie y se encerró en su oficina, y subió el volumen del televisor tan fuerte que podíamos escucharlo a través de la pared. Dos luchadores gritaban cómo iban a destrozarse mutuamente una vez que subieran al ring. Mi tía se sentó en el sillón y trató de no llorar.

—Siento mucho que hayas tenido que ver esto.

—No pasa nada —dije.

—Sí que pasa —contestó—. Sí que pasa.

Me senté junto a ella. Flip temblaba a mis pies. Quería alzarlo, pero la tía Jeanie tenía la regla de no subir perros al sillón. Apoyó la caja sobre la mesa ratona.

—Tess —explicó.

—Oh —dije—. Es como…
—¿Como qué?
—No sé.
—Yo tampoco sé —dijo—. De verdad que no.

Inhaló lentamente y luego exhaló de forma rápida y entrecortada, hasta que se largó a llorar. Apoyé la mano en su hombro.

—Gracias —dijo. Me apretó la mano durante un segundo y luego la soltó—. Es tarde. No querrás quedarte dormido mañana en el colegio.

De vuelta no teníamos clases por Rosh Hashaná pero omití ese detalle.

—Definitivamente no. Buenas noches.

No podía alejarme de las cenizas lo suficientemente rápido. Me obligué a no echarme a correr. Flip caminaba tan cerca de mis pies que casi me hace tropezar.

—¿Ben? —dijo Jeanie—. Me alegro que lo de hoy haya salido bien. Con el perro, quiero decir.

—Gracias.

Cerré la puerta y luego los ojos y empecé a contar. Supuse que lograría llegar a diez, pero para cuando llegué a seis ya estaban discutiendo de vuelta. No podía escuchar qué era exactamente lo que Leo y la tía Jeanie se estaban gritando, pero era más ruidoso que los luchadores.

Menos de cuatro años. Eso es lo que teníamos que durar antes de que me fuera permitido vivir por mi cuenta, legalmente hablando. Estaba un año adelantado en el colegio, y si estudiaba realmente duro podía saltearme otro año y graduarme a los dieciséis. Flip y yo nos largaríamos de la ciudad e iríamos a la misma universidad que Halley, donde haríamos el mismo curso de literatura y escribiríamos juntos... salvo que probablemente no admitirían perros en las residencias de estudiantes.

28

ROCAS Y LIBROS

Al día siguiente fue como si la noche anterior no hubiera ocurrido. Leo y yo fuimos al Home Depot y compramos bolsas con rocas para desperdigarlas por el pequeño jardín.

—Es un jardín seco —dijo—. Supongo que ya te habías dado cuenta. Eres un buen trabajador, corriendo al amanecer para repartir tus cupones, y ahora ayudándome.

—Tú también.

—Llevo mucho tiempo —contestó—. Moriré trabajando. Tú en cambio, siempre estudiando así, siento que puedes lograrlo.

—¿Lograr qué?

—¿Te gusta el golf, campeón?

—El mini.

—No es ningún crimen. Por ahora. ¡Ja! Puedo enseñarte cómo jugar golf de verdad, ¿sabes? Quizás podamos ir a practicar algún día.

Se tiró un pedo y por alguna razón se tapó la boca.

—Perdón. Ahora vuelvo.

Jeanie se acercó con una jarra de limonada.

—La cerveza le cayó mal. Me parece justo.

Me miraba como esperando que dijera algo. Alcé los hombros. Jeanie se sentó y palmeó el escalón del porche de entrada para que yo también me sentara.

—Encargué la estatuilla de un ángel por internet. Parece de mármol pero en realidad es poliuretano de alta duración. Con eso hacen los bolos de bowling. Debería llegar mañana.

—Eso es genial, supongo —dije.

—Sí. Bueno, me gustaría enterrarla debajo de esa estatua. A Tess. Aquí atrás. Debería haberte preguntado primero.

—¿Preguntarme qué cosa?

—Si te parece bien. Enterrar sus cenizas, digo.

—No lo había pensado realmente —dije—. Supongo que tenemos que ponerlas en algún lugar. ¿Está permitido? ¿No hay alguna ley o algo así por la que tenga que ir a un cementerio, por ejemplo?

—No creo. Siento que de esta manera ella estará más cerca de nosotros.

—Claro.

—¿No te parece?

—No, no, me parece bien. Es un lindo plan.

—¿Está bien entonces?

—Sí, está bien.

—Genial— dijo. Me palmeó la espalda; yo sabía que estaba haciendo un gran esfuerzo por no apartarse—. Puedo ayudarte a clasificar esas cajas con libros, si quieres.

—Hoy termino con eso.

—Oh Ben, el perro parece a punto de orinar en las rocas. Perro, no. Fuera. ¡Fuera!

Halley vino a ayudarme a ordenar los libros. Jeanie estaba en el trabajo y, más importante, Leo había ido a Manhattan para ver a su podólogo. Chucky no dejaba de textearme para que le envíe una foto de Halley.

—Veo una y otra vez la palabra "trasero" en ese chat —dijo ella.

—Nunca me contaste por qué la historia se llama *La caja mágica*.

—Es así: Tess va a ayudar a Helena y Bruce, pero a su vez necesita la ayuda de ellos. Ese planeta en el que está se llama Mundum Nostrum, y está en guerra total. Tess está tratando de que los nostrumianos arreglen sus diferencias enseñándoles, hola, cómo volver a hablar el uno con el otro. ¿Notas lo que acabo de hacer, metiendo la terapia del habla? —se palmeó su propia espalda y siguió—: Eso requiere una magia muy especial, la clase de magia que Tess guarda en su recontra esplendoroso apartamento de la Tierra, en la cima de la torre dorada del Luna Park de 1905, adentro de una bella caja de madera.

—¿Y qué hay dentro de la caja?

—Únicamente el tesoro más grande que alguna vez haya existido.

—¿Un cinturón antigravitatorio que te permite volar? ¿Una tecnología portátil que te vuelve invisible?

—Ah, típico de varón. Es mucho más increíble que eso.

Dejó caer un montón de libros en la pila de los descartables.

—¿De verdad quieres que me deshaga de mi colección *X-Men: Primera Generación*?

—Es tiempo de que otra persona los disfrute. Ey, ¿estás nervioso?

—¿Por?

—Lo del lunes —dijo, e iluminó el deprimente sótano con su gran sonrisa. El lunes era nuestra primera sesión de Léele a Rufus con la presencia de los niños. Tomó al perro y lo hizo girar en el aire—. ¡Flip, Flip, Flip, Flip, Flip!

—Campeón, ¿estás ahí abajo? —dijo Leo. Bajó cojeando al sótano.

—Hola, soy Halley.

—Hola. Sí, me pareció escuchar una voz demasiado aguda para ser la de Ben —dijo. Se quedó mirando la peluca rosa por demasiado tiempo.

—Bueno, mejor me voy —dijo Halley—. Tengo que ir a casa a ayudar a mi papá con el espectáculo.

—¿Qué clase de espectáculo? —preguntó Leo.

—Un show de magia para una fiesta de cumpleaños.

—Ah.

—Encantado de conocerlo —dijo ella. Su mano era pequeña comparada con la de Leo, pero igual dio un buen apretón.

Flip y yo la acompañamos hasta la estación de tren. Cuando regresamos, Leo me dijo:

—¿A Tess no le importaba que salieras con chicas como esa?

—Mamá la hubiera amado —contesté—. ¿Y además, por qué?

—Olvídate por el momento de la tintura rosa, en mi época las chicas no se cortaban el cabello para parecerse a los chicos. Es como si quisiera restregártelo por la cara. ¿Entiendes lo que digo?

—No, no lo entiendo.

—Lo hace a propósito para escandalizar a la gente. Está llamando la atención. ¿Lo estoy haciendo de nuevo, no? Metiendo la pata. Solo estoy tratando de cuidarte, campeón. Las personas que te rodean terminan siendo tu reflejo.

—¿Leo?

—¿Sí?

Incluso su estúpida camiseta me daba asco, sin mencionar que me confundía. Decía: ¡TRES! (SIEMPRE ME QUEDO UN POCO CORTO). Todos los sinónimos de la palabra idiota me brotaban del estómago hacia la garganta, y esta vez no se iban a quedar atorados en mi corazón. Si hubiera tenido algún otro lugar en dónde vivir, cualquier otro, se los hubiera dicho todos y cada uno.

—¿Cómo está tu pie? —pregunté.

29

LÉELE A RUFUS

Estaba contento de tener mis auriculares de vuelta, aunque Rayburn los hubiese utilizado. Los necesitaba para no escuchar a Leo y a Jeanie. No dejaban de discutir. Todo el fin de semana habían estado debatiendo sobre las vacaciones de Navidad, si Maine o México una vez más. Me preguntaba si eran así incluso antes de que Flip y yo entráramos en escena. No sabía que hacer excepto permanecer en mi habitación, estudiar y decirme a mí mismo que por cada examen que aprobara con honores, Flip y yo estaríamos un paso más cerca de irnos de esa casa.

—Cuatro años, Flip. Incluso menos. Tres años, nueve meses y veinte días hasta que cumpla dieciséis. ¿Podemos aguantar hasta entonces, verdad?

Ladeó la cabeza y me lamió los labios. Era el mejor compañero de estudios posible. Realmente amaba que le leyera. La mañana del lunes lo dejé en la casa de los Moho. Se veía un poco triste cuando me fui.

—Vamos, viejo amigo. Sabes que voy a volver pronto. Lo prometo.

Apenas escuchó eso, volvió a sacudir el rabo.

* * *

El lunes después del colegio fui con Chucky hasta su casa para recoger a Flip.

—Ronda Glomski me contó que Rayburn no está cumpliendo con el acuerdo que le hicieron firmar —dijo.

—¿No está yendo a las reuniones con el consejero pedagógico?

—Nadie sabe dónde está. Mi mandíbula me duele cada vez que pienso en él.

—Entonces no pienses en él.

Eso es lo que mamá le hubiera dicho.

—Sinceramente espero que se haya largado. Viejo, en serio, ¿qué tan de perdedor es esto de Léele a Rufus? ¿Peor que el club de ajedrez?

—Halley va a estar allí.

—Okey, entonces voy.

Trotamos hasta la biblioteca y nos dirigimos directo a la planta alta donde estaban todos: la mujer de Léele a Rufus, la señora Lorentz, tres niños, un grupo de padres y Halley.

—Santas galletas— susurró Chucky—. Buen trasero. No está mal en el área pectoral, Coffin. Quiero decir, podrían ser más grandes, pero bien hecho de todas formas.

—¿Ningún comentario sobre su *rostro*?

—¿Eh? Claro, eso también —contestó. Solo en ese momento se percató de la peluca con los pelos en punta, que ella había teñido de diferentes colores—. Okey, tenías razón: es tan genial como un arcoíris.

Flip saltó a los brazos de Halley.

—Ben, te presento a Brian —dijo ella.

—Tengo siete años —dijo Brian, con actitud de estar listo para pelear si ponía en duda su edad, salvo por el hecho de que no me miraba a los ojos. Era pequeño para tener siete años, y el libro que tenía en sus manos era *El perro que quería ser un niño*.

—Lo elegí porque se me ocurrió que le gustaría más que *El conejo de terciopelo*, por si quería comérselo —señaló a Flip, que ladeó la cabeza—. No es mío igual, el libro. Es de la bi*blo*teca. Me lo dieron para que lo lleve conmigo.

Mantenía el libro alejado, como si fuera una bolsa con caca de perro.

—Yo lo puedo sostener —dije—, si tú me sostienes un rato a Flip.

Halley puso a Flip en sus brazos, y el perrito le lamió la mitad de la sonrisa.

—Su aliento huele bien —dijo—. No se parece tanto a leche cortada.

Nos sentamos en el sillón.

—¿Quién te dijo que *El perro que quería ser un niño* es de los favoritos de Flip de todos los tiempos? —pregunté.

—¿En serio?

—Hay otra cosa que ama: cuando dices su nombre. Después de leer un poco, solo di "¿cierto, Flip?". Léele tu parte favorita.

El chico me miró a los ojos, pero solo un instante.

—El tema es que está al final. No es un final feliz, aunque un poco sí.

—Es la clase de finales que más le gusta a Flip. Léelo si no me crees.

El chico leyó, y Flip no despegaba los ojos de él.

—"Quería ser hum… hummm…. —susurró—. ¿Cómo era esta palabra?

—Humano.

—"Quería ser humano, porque entonces las niñas pod… pod-r-drí…." Dime.

—Podrían. Esa es difícil. Te está saliendo increíble.

—"Quería ser humano, porque entonces las niñas podrían comprenderme. Era mi mejor am…"

—Lo estás haciendo genial, Brian. Solo pronuncia sílaba por sílaba.

—A-mi-ga. ¿Amiga?

—Eres asombroso. Flip quiere chocar puños. ¿Cierto, Flip?

El chico extendió el puño y Flip hizo chocar su pata.

—"Era mi mejor amiga, y tenía que decírselo". ¿Cierto, Flip?

Esta vez el tono de voz era más alto. Flip ladeó la cabeza, casi noventa grados.

—Creo que de verdad me está escuchando —dijo el chico—. "Me estaba haciendo viejo y no estaría aquí durante mucho más tiempo", Flip.

Flip volvió a chocar puños y le lamió la nariz. Ambos se olvidaron que yo estaba allí. El chico leyó y leyó, y Flip estaba fascinado.

—"Me dijo tantas veces y de tantas formas que me quería, y yo traté de decir lo mismo con caricias y besos. Me esforcé mucho. Pero no era lo mismo. Quería decirle las palabras, solo una vez, decirle Te quiero, para que ella supiera".

Flip se enrolló en la falda del chico y se puso boca arriba para que le rasque la barriga.

Todos aplaudieron, y el chico se avergonzó y ocultó el rostro en el cuello de Flip. Miré hacia atrás y Chucky asintió y Halley me guiñó un ojo. Mercurius estaba allí. Sostenía la mano de la señora Lorentz, y me levantó el pulgar. Una llama de todos los colores salió de la punta de su dedo.

Brian cerró el libro y Flip apoyó la cabeza en su falda.

—El perro no logra transformarse en un niño —dijo Brian—. Nunca llega a decir las palabras.

—Pero dijiste que igual era un final feliz —dije.

—Sí. Es feliz porque la niña lo sabe de todas formas. Te das cuenta. La niña sabe lo que él siente por ella.

30

EL SIGUIENTE CAPÍTULO DE
LA CAJA MÁGICA

Fuimos a comer pizza al paso con Chucky, y cuando terminamos Halley dijo que era hora de que Moho partiera.

—¿Por qué? —preguntó Chucky.

—Porque necesitas descansar la vista luego de observar sin pausa mi, ejem, área *pectoral* durante las últimas dos horas.

—No fueron dos horas *completas*.

—Vete. De todas maneras Ben y yo tenemos que trabajar.

—¿En qué?

—En nuestra historia *La caja mágica*.

—¿Por qué es mágica? ¿Qué hay dentro? Vamos, cuéntenme.

Halley me dio un codazo.

—Ya vendimos un ejemplar.

Caminamos hasta nuestro banco frente al Luna Park.

—La última vez que vimos a nuestros alter egos, Helena y Bruce estaban atrapados con Mercurius en una instantánea de 1905, en la cima de la torre dorada —dijo.

—Salvo que la torre es en realidad una nave espacial —dije—. Quizás despega del suelo y flota acostada como un dirigible.

—Okey, recontra sí. Un pequeño problema: Tess y la gente de Mundum Nostrum necesitan la caja mágica lo antes posible. ¿Cómo hacemos que un dirigible viaje más rápido que la velocidad de la luz?

—Fácil. Usas una honda de vector cuántico fabricada con una aleación de neutrinos y materia oscura. Le añades un refuerzo de roentgenio y te estarás moviendo ciento once mil veces la velocidad de la luz.

—Tienes toda mi atención. Procede por favor.

—Mercurius tiene baldes de esa cosa, y ayuda a Helena y Bruce a llenar el combustible del dirigible dorado. "Por mucho que quiera ir con ustedes", les dice, "no puedo abandonar a mi gente de Coney Island… este mes hay demasiados bar mitzvá. Tess me está mandando ondas mentales que ubican a Mundum Nostrum en algún lugar de la constelación del Can Mayor, en la órbita de Sirio.

—¡La estrella del Perro! —dijo Halley, levantando en andas a Flip—. Helena y Bruce necesitarán un piloto realmente increíble para llegar hasta allí. ¿Quién mejor que el más poderoso perro terapéutico del universo? Flip, bomboncito.

El perro le dio uno de sus lengüetazos profundos.

—Mercurius le entrega la caja mágica a Bruce. "De acuerdo, viajeros", les dice.

—Viajeros —dije—. Muy bien.

—"Sé que realmente, realmente quieren saber qué hay dentro", dice Mercurius, "pero prometan que no la abrirán".

—¿Por qué? ¿No deberían Helena y Bruce saber qué es lo que están transportando?

—No en este caso. Este tesoro es tan espectacularmente único que Helena y Bruce no podrían entender su verdadero valor, no hasta que Tess les enseñe cómo manejarlo. Solo para estar seguro de que no echen un vistazo, Mercurius cierra la caja con una llave hecha de chispas, el tipo de chispas que brillan en los ojos de las personas cuando presencian una buena acción. Hay una sola otra copia de la llave en existencia.

—Y la tiene Tess.

Era muy gracioso ver a Halley meterse en la historia. Caminaba y le hablaba al teléfono y daba saltitos. La verdad es que era mucho más divertido que la parte de la trama, que era un poco boba. Quiero decir, ¿transportar una caja mágica de un planeta a otro? Igual a cualquier historieta que haya leído. ¿Pero ver a la Chica Arcoíris sonreír mientras la armábamos juntos? Eso era decididamente nuevo.

—Ben Coffin, ¿estás listo para que comience el viaje? Te aviso que es todo el tiempo colina arriba.

—Como si fuera a ir contigo en uno colina abajo. Flip, establece curso hacia la luna Libris y el cuarto de mapas de Penny, la adivina experta en medios.

—Hablando de eso, mi teléfono está vibrando, y sí, definitivamente es mamá diciéndome que arrastre mi trasero a casa para ir a yoga con ella. No es tan ajj como suena. Hay mucho que decir sobre la basura de la medicina alternativa. Por ejemplo, que al terminar me lleva por donas de crema de fresa.

—Decididamente tienes un paladar dulce.

—Dulce como el corazón.

Me abrazó, me empujó y se alejó riéndose.

31

GINGER

Flip empezó a temblar a dos cuadras de distancia, y luego los escuché a cincuenta metros de distancia. Jeanie y Leo. Ni siquiera entré. Me senté en el escalón. Flip se metió en el bolsillo de mi sudadera.

—¿Acaso piensas que el pobre chico quiere estar aquí? —decía mi tía—. Nadie quiso que fuera de esta forma. Es el hijo de mi hermana.

—¡Exacto! —dijo Leo—. De Tess, no tuyo.

—Ahora lo es, sin embargo. Es mi responsabilidad. Lo prometí.

—Piensa que soy un perdedor. Me mira con desprecio. Suficiente como para que me den ganas de volver a beber.

—De ninguna manera, Leo. Oh no. No vas a salirte con la tuya en eso.

—¿Con qué?

—Culpar a Ben por tu falta de autocontrol.

—No es falta de autocontrol. No puedo evitarlo. Es una enfermedad.

—Lo que sea que es, no es culpa de Ben.

—El perro también. Es demasiado para mí. Demasiadas cosas que se mueven en la casa. Prefiero todo más simple.

—Como a todo el mundo, Leo. Pero no lo es, ¿okey? ¿Cuándo vas a madurar?

—No solíamos ser así, bebé. No solíamos pelear.

—Sí que lo hacíamos.

—No así, corazón. No así.

Le mandé un mensaje a mi tía.

BC: Con mi amigo tenemos un gran proyecto de ciencias para mañana. ¿Me puedo quedar en su casa para terminarlo?

Un segundo más tarde la tía Jeanie y Leo dejaron de discutir. Le contó sobre mi mensaje.

—¿Crees que Tess le permitía quedarse a dormir en lo de un amigo durante la semana?

—¿Estás bromeando? —dijo Leo—. Un día libre. Es una bendición.

Flip dejó de temblar un segundo después de doblar en la esquina. Mi teléfono sonó con un mensaje de mi tía.

JC: No hay problema. Buena suerte.

—Perdí mis llaves —dije.

—¿Dónde está tu tía? —preguntó la señora Moho, haciéndome entrar. Flip trotó hasta donde estaba la gata Ginger, que le lamió las orejas. Una de las niñas le dio de comer helado con su cuchara.

—México —respondí—. Están de vacaciones.

—Coffin, soy la madre de siete chicos. Me doy cuenta cuando no me dicen la verdad. Ocho chicos. ¿Cuándo es que van a regresar de México?

—Hoy a la madrugada, señora Moho, lo juro.

Chucky y yo nos sentamos a ver *Spider-Man*. Una de las chicas más grandes entró corriendo con una laptop y me mostró un comercial de desodorante de hace unos veinte años. Una mujer bonita se huele las axilas y baila alrededor de la cocina mientras caen pétalos de rosa y los pajaritos cantan.

—Es mamá —me dijo—. ¿No era una actriz increíble? Le recontra crees que huele genial.

—Charice, vete —dijo Chucky.

—Soy Charmaine.

—Como sea. Coffin, ¿escuchaste las últimas noticias sobre Rayburn?

—¿Quiero hacerlo?

—Su mamá lo echó de la casa. Está viviendo en lo de un primo, y el primo está en la mafia y mató como a mil personas y estuvo en la cárcel. ¿Conoces esa casa completamente venida a menos junto a la estación de tren? Allí es donde vive el primo. Le doy una semana a Rayburn hasta que caiga preso él también.

—¿Cómo te enteras de estas cosas?

—Me gustan los chismes y a Angelina le gusta la gente que siente lástima por ella, como en "qué miserable soy, mi novio idiota está nuevamente en problemas, ¿por qué la vida es tan injusta?". Viejo, no puedo creer que te sientas mal por él.

—No dije eso.

—No hizo falta que lo dijeras.

—Mejor me voy a la cama.

—No estamos ni a mitad de la película —dijo Chucky.

—Ya la vi como diez veces.

—¿Y?

La señora Moho me dio un Benadryl (el segundo ya) y me armó una cama en el sillón del sótano. Estaba agradable y silencioso ahí abajo. Me pregunté si podía lograr que Leo me cayera bien. No era tan mal tipo. Sí, podía lograrlo. Lo iba a hacer. Solo necesitaba recuperar el aliento, tener una buena noche de sueño, soñar con un futuro alucinante: Halley y yo y Flip y Léele a Rufus y *La caja mágica* y cómo estaba en camino de ver a mi madre de nuevo, la Contessa de la Luz Estelar, incluso si era en una historia inventada, y todo empezó a sentirse tan real.

Justo antes del amanecer me despertó un silbido realmente fuerte. Ambos perros estaban conmigo en el sillón. También la gata. La vieja y querida Ginger estaba acurrucada prácticamente en mi cabeza. El silbido venía de mi propia garganta. Tropecé en la oscuridad en busca de mis pantalones y mi inhalador. Estaba vacío.

32

¿QUÉ TAL ESTUVO MÉXICO?

No había demasiada gente en la sala de emergencias. Escuché a la tía Jeanie incluso antes de verla. Sus tacos altos hacían eco en el pasillo.

—No puedo agradecerle lo suficiente —dijo.

La señora Moho lo desestimó:

—Coffin es un ángel. ¿Qué tal estuvo México?

La tía Jeanie ladeó su cabeza y yo le leí la mente: ¿Por qué está preguntándome sobre un viaje que hice un año atrás?

—La felicidad —contestó—. ¿Estuvo alguna vez?

—No, nunca estuve allí —la señora Moho me miró fijamente, luego me dio unos golpecitos en la frente—. Bueno, mejor que me vaya moviendo. Las Pesadillas en Camisón no tienen la menor consideración con Charles. Es el nombre de la banda de karaoke de mis hijas.

Mi tía llenó los formularios mientras yo terminaba de inhalar la medicación por el nebulizador.

—Permanece en casa y reposa —me dijo el médico. Era lo último que quería hacer. La medicación me daba ganas de saltar. Media hora más tarde estábamos en el coche.

—¿Podemos pasar por lo de Chucky para buscar a Flip?

—Vine preparada —dijo la tía Jeanie. El asiento trasero estaba cubierto con una manta grisácea—. ¿Cómo te sientes, Ben?

—Mejor. La medicación siempre ayuda.

—No, quiero decir con todo. Ya sabes, vivir con Leo y conmigo.

—Bien.

Me miró y luego volvió los ojos al camino.

—Creo que ese fue el "bien" menos convincente de la historia. Vamos. Estamos solo nosotros dos. ¿Cómo te sientes?

—Como si estuviera molestándolos —dije.

Estacionó el coche al costado del camino y me sostuvo la mano durante un instante.

—No puedo tenerte así, ¿entiendes?

—Okey.

—Va a tomar algún tiempo.

—Lo sé.

—Me siento horrible con esto.

—Pero no quiero que te sientas así.

—Quiero ayudarte. Leo también. Estamos todos ajustándonos. Es la curva de aprendizaje, ¿okey? Estoy totalmente desorientada. Tess era tan simple con todo. Podía pasar lo peor, y ella atravesaba todo con una sonrisa. La extraño tanto, sabes.

—Lo sé.

—La admiraba. Quería ser como ella. Pero no pude. Ella siempre hacía castillos en el aire, mientras que yo siempre tenía mi impermeable a mano. No quiero que sea así, pero lo es. Soy yo la que está molestándote a ti.

—No. Te hicieron cargar conmigo.

—¿Puedes dejar de decir eso? ¿Por favor? Voy a estar mejor. Lo prometo. Levantémonos el ánimo el uno al otro. Tú y yo. Y Leo también. Todavía estamos tratando de acomodarnos. Las cosas van a estar mejor. Solo necesitamos que pase el tiempo. Va a funcionar. Realmente creo que sí.

—Está bien —dije—. Está bien. Va a funcionar.

—Sí —se secó los ojos y se enderezó—. Ahora buscaremos al perro, y luego te prepararé una sopa casera. Me gustaría mucho hacer eso por ti. Ahora, conecta tu teléfono al estéreo y hazme escuchar tu música favorita.

Le puse esta balada de rap que mamá amaba, llena de banjos y trompetas que la hacían ponerse a cantar y bailar, y me hacía bailar a mí también, y dábamos vueltas juntos. El estribillo decía así:

Cuál es tu preocupación, cuál es tu apuro
A dónde es que corres, quédate un tiempo
Baila una sonrisa en tu rostro
Somos demasiado libres para ser cierto
Somos libres, para siempre, tú y yo

Me hacía tan feliz recordar cómo mamá se reía a carcajadas mientras bailaba, y entonces la miré a Jeanie y ella lloraba otra vez.

33

LA MÁGICA GIRA DE LIBRERÍAS POR MANHATTAN

Leo seguía durmiendo cuando la tía Jeanie y yo regresamos a Cypress Hills.

—El pobre estuvo toda la noche armando cajas para una entrega temprana de UPS.

—Las mías también están listas. Mis libros, quiero decir.

—Fabuloso. Las llevaremos a Strand cuando te sientas mejor.

—Me siento estupendo, de verdad —dije.

—No, descansa. La sopa está en camino.

Me senté con Flip en el porche trasero. El ángel de mármol falso ya había llegado. Estaba llorando (oh sorpresa). La llamé a Halley.

—*¿Por qué estás en casa un día de escuela?*

Le conté, y quiso traerme pretzels cubiertos de chocolate.

—No puedo sentarme derecho —le dije—. Vayamos a la ciudad.

* * *

Estacionaron el Mercurius-móvil frente a la casa y le cargamos todas las cajas con libros.

—Ben, ¿estás seguro que estás con fuerzas para tanto movimiento?

Me sentía como si bailara. Ese día la peluca de Halley era dorada con manchas rosas de leopardo. Leo salió a la vereda con el cabello del que recién se levanta. Mercurius le extendió la mano.

—Mike Lorentz.

—Claro, claro. Leo Petit —se secó la mano en sus pantalones cortos y le estrechó la mano—. Yo lo hubiera hecho. Llevado a Ben a la librería, quiero decir. Ahora me siento mal. ¿Puedo ofrecerte una cerveza? De hecho, yo, no nos quedan cervezas. Pero tenemos un montón de café.

—Me parece que la mesa de compra de usados cierra a la una —dije, aunque no tenía idea a qué hora cerraba.

—Entiendo —dijo Leo—. Entiendo. Bueno, gracias, Mark. Gracias por ayudar al campeón, supongo.

—Me encantaría aceptarte algo para beber otro día, Leo —dijo Mercurius—. Deberíamos juntarnos todos a cenar.

—Eso suena bien —dijo la tía Jeanie.

Mercurius nos ayudó a descargar los libros en Strand, y luego partió al Museo de Historia Natural para hablar con los padres del chico que en una semana tendría allí su bar mitzvá. El empleado abrió las cajas.

—Los cuidaste bien —dijo—. Tendremos un precio estimado a eso de las cinco.

Fuimos a Mickey D's y encargamos batidos y una hamburguesa para Flip. Halley solo bebió dos sorbos y me dio el resto de su batido, así que yo estaba completamente estropeado por la sobredosis de azúcar.

—Bueno, qué te parece esto como el próximo capítulo de *La caja mágica* —dije—. Flip pilotea el dirigible dorado hacia la luna Libris sin incidentes.

—Obviamente, es un experto perro guía.

Tomó su batido y le dio un poco a Flip. La cabeza del perro desapareció dentro del vaso.

—Flip aterriza el dirigible en la antena en la cima de la sucursal de Viaje Interestelar, donde por supuesto Penny los espera con un plato de galletas con chocolate.

—¡Cuánto amas a mi madre! Es definitivamente la Reina de las Galletas.

—Hace entrar a Helena, Bruce y Flip al cuarto de mapas estelares, donde desenrolla un mapa que va de un extremo al otro de la habitación. Flip trota por encima, olisqueando una ruta y luego otra, hasta que encuentra la que prefiere y la marca con dos rasguños que forman una X. Penny está muy preocupada. "Flip ha elegido la ruta más rápida, pero también la más peligrosa", les dice. Resulta que esa ruta atraviesa precisamente el Cinturón de Rayburn.

—No queda otra alternativa —dijo Halley—. "Sin embargo", les dice Penny, "estoy menos preocupada por el nefasto jefe hechicero zombi de Rayburn que por el peligro que ustedes mismos pueden causar. Prométanme que no van a espiar dentro de la caja mágica hasta que lleguen a Mundum Nostrum".

—¿Es tan tenebroso lo que hay dentro?

—Es tan *poderoso*.

—Guau.

El encargado se acercó a nosotros.

—Disculpen, chicos, pero no pueden tener al perro aquí adentro.

—Es un perro terapéutico —contestó Halley.

—Está bien —dije—. Nos vamos.

Salimos.

—Necesitas defender tus derechos —dijo Halley—, sin mencionar los de Flip.

—Hagamos una gira por librerías —dije—. La gente que ama los libros también ama a los perros.

—Estamos revendiendo todos tus libros y ahora quieres comprar nuevos. Tiene mucho sentido.

—Mamá y yo solíamos ir como a cuatro cada domingo.

—Empecemos por McNally Jackson —dijo—. El lugar es místico.

—¿Místico?

—El aire zumba, como cuando estás viendo una tormenta eléctrica que está muy lejos y no puede lastimarte pero ilumina el cielo de rosa con ondas violetas.

Fuimos hasta la sección de ciencia ficción y nos sentamos en el suelo, espalda contra espalda, y leímos mientras un niño acariciaba a Flip.

—Ja, hice que te gustara *Yo, robot* —dije.

—Es únicamente como investigación para *La caja mágica* —dijo Halley—. Es el precio que pago por tener un compañero de escritura con un gusto de lectura espectacularmente subdesarrollado.

Luego fuimos a Broadway, a la librería Scholastic. Había un cuadro inmenso de Clifford el gran perro rojo. Flip gimió para que lo saquemos de la mochila. En Books of Wonder, Peter, el tipo que la manejaba, nos conocía a ambos.

—Y yo que tantas veces pensé que ustedes debían conocerse —nos dijo—. Para los fanáticos de los libros, el destino existe.

Nos regaló un bocadillo del Birdbath Bakery, instalado dentro de la librería. Halley comió dos pedacitos de muffin de chocolate y me dio el resto. En Barnes & Noble Union Square le compró a su padre unos lentes para leer de color púrpura brillante. La última parada fue Housing Works.

—Todos los que trabajan aquí son voluntarios —dijo Halley—. Le dan todo el dinero a la gente que son VIH positivo o que tienen SIDA, especialmente aquellos que no tienen techo. Ben, tenemos tanta suerte.

—Eso es lo que mamá solía decir. Esta era su librería favorita.

Nos acercamos al mostrador de entregas.

—Un libro a nombre de Coffin —le pedí al empleado. Había llamado hacía una semana.

—Déjame adivinar —dijo Halley—. *La guerra de las galaxias IV, Una nueva esperanza,* para reemplazar las *tres* copias que acabamos de dejar en Strand.

El empleado me alcanzó la copia de *Plumas*. Se la di a Halley. Sus ojos se abrieron cuando encontraron la etiqueta amarilla en la portada: COPIA AUTOGRAFIADA.

Halley Lorentz gritó tan fuerte que todo el local hizo silencio.

—¡Dios mío! *Ella* sostuvo este libro. *Yo* estoy sosteniendo este libro. ¡Es como si estuviera sosteniendo la mano de

Jacqueline Woodson! ¡Flip, súper choque de puños! ¡Ben Coffin, eres el ser humano más increíblemente asombroso de la historia!

Fuimos al café y leímos por turno nuestras partes favoritas, y luego ella mencionó la frase sobre los momentos especiales.

—"Momentos que permanecerán con nosotros por siempre jamás". Y una vez más pones esa cara rara.

—Esa es la única frase que no me gusta —admití.

—Por supuesto que sí.

—Es una mentira. No se puede volver en el tiempo.

—Pero en *La caja mágica*, el viaje al pasado…

—Es una historia, es fantasía. Estoy hablando sobre ciencia ahora. Todo desaparece. Tiene que hacerlo. Así es como funciona el tiempo. Mi mamá ya no está, ¿de acuerdo? Cuanto antes lo acepte, el hecho de que nunca voy a volver a verla, más temprano voy a poder seguir con mi vida.

—La puedes ver cada vez que cierras tus ojos y piensas en ella.

—Pero no está *allí*. Ni *aquí*. Está hecha cenizas bajo un ángel de mármol falso en un jardincito de Cypress Hill. Eso es todo. Eso es todo lo que quedó de ella.

—No. Por favor. No puedo pensar de esa manera. No puedo dejar que *tú* pienses de esa manera. De verdad, *de verdad* necesito que creas que somos para siempre.

Su rostro estaba arrugado, rojo y cubierto de lágrimas.

Me estaba asustando. Un segundo estaba riéndose y al otro estaba llorando como si alguien hubiera muerto. Entonces me di cuenta: no le dices a un amigo bajo tratamiento de quimioterapia que no crees que haya vida eterna de forma imposible y anticientífica. No, hay que ser un buen amigo… y mentir.

—Mira, no estaba pensando bien —dije—. Estaba sintiendo lástima por mí mismo y me enredé por un instante. La verdad es que *sí* creo. Halley, de verdad, sí creo.

—Sin embargo no lo haces. No crees.

Apretó fuerte a Flip, y él le lamió los ojos. Lo apoyó en mi regazo y se levantó.

—Mejor me voy a casa.

—Seguro, no hay problema. Vamos.

—Sola, Ben. Necesito pensar, ¿está bien?

—Halley…

—No.

Apoyó las manos en mi pecho para impedir que la siga.

—¿Ese chico te está molestando? —le preguntó un viejo.

Halley se subió a un colectivo y se sumergió entre la multitud, y la perdí de vista.

34

LA COSA MÁS ESTÚPIDA QUE ALGUNA VEZ HICE

La llamé pero no atendía. Le mandé mensajes pero no recibí respuesta. Ahora sí que entendía cómo se sintió cuando yo no le respondí los textos que me mandó los días anteriores al funeral de mamá. Al fin sonó mi teléfono. Eran los de Strand.

Esta vez el local estaba lleno, y me sentía un poco mareado mientras hacía la fila para recoger el dinero. Flip me ladró y me ofreció su pata, la cabeza ladeada. Hizo una pequeña danza que hizo reír a todo el mundo, excepto a mí. Cuando fue mi turno en el mostrador, el hombre me dio seiscientos dólares.

—Te dimos el precio máximo por cada uno, lo aseguro —dijo—. Los libros estaban en general en excelente estado. En promedio fue un dólar con cincuenta por cada uno. En las cajas tenías como cuatrocientos ejemplares. ¿Qué, crees que valían más?

—No, está perfecto —dije—. Gracias. Es más de lo que esperaba.

—Entonces por qué luces tan…

—¿Tan qué?

—Como si alguien te hubiera pegado en la cara.

Estaba tan desconcertado que tomé el tren equivocado, mi viejo tren, el que me llevaba adonde solía vivir. No me di cuenta del error hasta la última estación, cuando todo el mundo se bajó. Yo también me bajé. Necesitaba caminar afuera, adonde hubiera más luz.

Flip y yo fuimos hasta la costanera. Su rabo no meneaba en alto como solía hacer en un lindo día, cuando lo paseábamos por la playa. Le estaba contagiando mi tristeza. Un hombre en una silla de ruedas se acercaba en la dirección opuesta. Llevaba dos latas de limosna y no tenía piernas. Me empezó a contar una historia sobre por qué necesitaba el dinero, pero yo no lo estaba escuchando realmente. Estaba demasiado ocupado mirando sus ojos. Se veía muy familiar, pero no podía darme cuenta de dónde. Le di cincuenta dólares. Así es como el tipo de Strand me había pagado, todos billetes de cincuenta dólares.

El hombre en la silla de ruedas miró el billete, luego me miró a mí, y luego miró al cielo y pegó un aullido. Hizo *wheelie* y un par de giros y le dijo a quien quisiera escuchar:

—¡Este chico sí que es un ángel! De verdad. Este chico tiene el verdadero poder. Este jovencito *comprende*. Tiene la sabiduría. Viejo, eres una bendición. Tú y ese perro hermoso. Me hiciste el día, hermanito. Me hiciste el día. No es el dinero, lo juro. Es tu corazón. Bendito seas. Esto es todo, hombre. Esto es todo.

Entonces supe a quién me recordaba. A mamá. Los mismos ojos, llenos de risa, incluso en los momentos tristes, cuando me hizo dar ese arrugado billete de un dólar a la mujer que había vendido a Flip. Le dije que no era nada, solo un estúpido dólar, pero ella me hizo mirarla a los ojos y prestarle atención cuando me dijo que era todo.

El hombre en la silla de ruedas era seguramente un mago. Me hizo sentir como si el espíritu de mi mamá estuviera todavía por allí, vestigios de ella. Me hizo sentir bien. También a Flip. Su rabo se sacudía una vez más en lo alto. Necesitaba continuar sintiendo que, después de todo, los momentos hermosos de tu vida y la gente que amas de verdad pueden vivir para siempre. Todo lo que tienes que hacer es recordarlos, como Halley había dicho.

Encontré otro más en la avenida Neptune, una vieja mujer que empujaba un carrito repleto de frazadas y una bolsa de plástico rotosa llena de ropa. No enloqueció como el hombre en la silla de ruedas cuando le di otros cincuenta dólares, pero estaba igual de contenta, estoy seguro. Le faltaban un par de dientes, pero sonrió como si no le importara. Su risa era bonita, como una canción que puedes bailar.

Una mujer en la tienda estaba por devolver comida porque no tenía el dinero suficiente para comprarla, hasta que le di cincuenta dólares.

El vendedor de salchichas frente al acuario no tenía clientes y parecía bastante desesperanzado hasta que le compré un par para mí y para Flip y le dije que conservara el cambio.

Había repartido todo salvo uno de los billetes de cincuenta. Supuse que guardaría el último con el resto del dinero que estaba ahorrado gracias a la entrega de cupones, para cuando tuviera dieciséis y pudiera vivir por mi cuenta.

Salvo que ya no iba a acompañar a Halley a la universidad. Toda la levedad que había sentido la última media hora, mientras repartía mi dinero, había desaparecido.

Estaba a punto de volver al tren cuando recordé lo que Chucky me había contado, que Rayburn vivía en esa misma calle con su primo. Me volteé para observar el final de la cuadra.

—¿Qué piensas, Flip?

El perro ladeó la cabeza.

La casa estaba incluso peor de lo que Chucky me había dicho. Estaba mucho más que venida a menos. La mitad de las ventanas estaban rotas. El pequeño jardín de entrada era todo maleza y basura. Flip me miró como con cara de "¿Estás seguro que quieres hacer esto?".

Me acerqué a la puerta y golpeé. Me abrió un tipo con el pelo engominado y sin camiseta, a pesar de que ese día no hacía nada de calor. No había ninguna luz en la casa, y unas sábanas en la ventana bloqueaban el sol. La casa apestaba a comida podrida. El tipo hizo un gesto con la cabeza, como diciendo "¿Qué quieres?".

—¿Está Damon?

—¡Damon!

Rayburn entrecerraba los ojos cuando llegó a la puerta. El sol estaba bajo y el resplandor le daba en la cara. Se los frotó, como si no pudiera creer que fuera yo.

—¿Coffin?

Se veía mal. Realmente mal. Se veía más pequeño de lo que lo recordaba, más bajo, más delgado... y sucio. Su pelo estaba todo grasoso. Le di ese último billete de cincuenta dólares, sabiendo que un instante después de que el dinero dejara mi mano no sentiría nada parecido que al entregar los otros billetes.

Miró el billete, luego a mí.

—¿Cuál es tu problema, eh? —preguntó—. ¿Qué estás haciendo aquí?

Mientras subía los escalones hacia la casa, había pensado que si había un cielo, mi mamá estaría orgullosa de mí. Pero ahora solo la sentía muy lejos. Todo se sentía mal, incluso haber dado los otros billetes de cincuenta dólares, como si hubiera comprado a las personas para que fueran felices, para así sentirme feliz yo. A pesar de eso, hice el intento con Rayburn.

—Escuché que estabas en un mal momento —dije. Me dirigí de vuelta a los escalones.

Su primo salió y me dijo:

—¿Qué pasa? ¿Cuál es el problema?

—El tipo me acaba de dar un billete de cincuenta— dijo Rayburn.

—¿Por qué?

—Eso es lo que le dije.

—Quizás está enamorado de ti. Ese perrito, viejo. Es el perro de una niña. Ey, ¿por qué le das a mi amigo Damon cincuenta dólares?

Yo caminaba más rápido, hacia el portón de entrada. Estaba torcido y se arrastró con dificultad por el pavimento. Ahora había otro tipo allí, también sin camiseta y con un montón de tatuajes. Me empezaron a insultar, seguramente no haga falta decir con qué palabras. Uno de los tipos me tiró la mitad de un sándwich. Flip y yo nos echamos a correr, y ahora se reían realmente fuerte. Miré para atrás y Rayburn también se reía. No podía mostrarse débil frente a sus amigos. Me insultó, pero sin ganas, podía notarlo. Sus ojos estaban húmedos, como si estuviera a punto de llorar. Se veía furioso, luego triste durante un instante, y de nuevo furioso, como si acabara de recordar que no tenía permitido ser amable. Yo también estaba furioso. Furioso conmigo mismo. ¿Cómo podía haber sido tan estúpido? Estaba perdiendo el control. Estaba perdiendo todo, mi mente, mi dinero. Estaba perdiendo a todos.

35

EL ÁNGEL DE MÁRMOL FALSO

Desde la vereda lo vi a Leo en el teléfono, dando vueltas por la cocina. No me molesté en entrar. Tomé el caminito hacia el patio trasero y me senté en una roca junto al ángel de mármol falso. Caí en la cuenta de que sus ojos no tenían pupilas. Leo salió al patio. Su camiseta y pantalones cortos estaban todos sudados.

—Fui a correr —dijo.

Asentí.

—Jeanie todavía no regresó —continuó—. Sí. Así que… ¿cómo va todo? ¿Te fue bien con los libros? ¿No dejaste que te estafaran, verdad?

—Me pagaron bien.

—Bien. Un hombre produce dinero, ¿verdad? Buen chico.

Me palmeó la espalda mientras pasaba detrás de mí. Se agachó para arrancar una maleza de una grieta en el patio. Flip escapó en dirección hacia mí. Leo se enderezó y giró hacia el balde justo cuando Flip estaba por escabullirse. Le pisó la pata y el perro aulló. Dio un salto para apartarse de las zarpas de Flip y se tropezó con la rajadura en el concreto. Estiró las manos para detener su caída, pero como ya dije, Leo era un tipo enorme. Cayó pesadamente e insultó.

—Creo que me quebré la muñeca —dijo. Traté de ayudarlo pero me empujó—. Aléjate —me dijo, sin dejar de mirar su muñeca—. Si está rota vas a conocer lo que es estar furioso.

—Lo siento, Leo —dije.

—Realmente furioso —sus ojos se detuvieron en Flip—. ¡Perro estúpido!

Luego le dio una patada al perro, bien dura. Lo suficientemente dura como para que Flip volara hasta el cerco. Flip aulló, luego se tambaleó, se sentó y jadeó y gimió. Estaba temblando cuando lo alcé.

—No puedo creer lo que acabas de hacer.

—¡Rata estúpida!

—No lo hizo a propósito —dije.

—¿No lo puedes entrenar para que no se interponga en el camino cada dos por tres?

—Pesa como cinco kilos —dije—. Lo podrías haber matado.

—Déjate de teatro, ¿quieres? Está bien. Míralo. Perro maldito —dijo, e hizo girar su muñeca—. Ah, me está matando. Sí, debe estar quebrada.

—No podrías moverla de esa forma si lo estuviera.

—¿Perdón, qué dijiste?

—Maldito idiota.

—¿*Qué*?

—Nada.

—¿Cómo se te ocurre que puedes hablarme de esa manera? Te abro las puertas de mi casa, ¿y así es cómo me tratas?

—Dije que lo sentía, ¿está bien?

—No, no está bien. ¿Qué fue lo que me dijiste?

—Se me escapó.

—Deja que se te escape de nuevo entonces. Necesito escucharlo, solo para estar seguro de que escuché lo que pienso que escuché. Ey, te estoy hablando.

Verlo tan enojado, bueno, me enojó todavía más. Prácticamente le grité.

—Dije que eres un *idiota*.

Entonces fue cuando ocurrió. Leo alzó su mano abierta, enorme y carnosa, la que estaba conectada con su muñeca supuestamente rota. Me dio una cachetada tan dura que me dio vuelta la cara. Mi mejilla me ardió y luego se adormeció. Todo quedó en silencio. Lo único que escuchaba eran los pájaros. Un cuervo, creo, en el parque cruzando la calle, y quizás un gorrión o lo que fuera, con sus trinos agudos.

Supongo que su muñeca no estaba quebrada. Ya no se la frotaba. Sí se pasaba las manos por el cabello, tironeándoselo un poco. Se veía asustado. Quizás más asustado que yo. Todo lo que tenía que hacer era llamar a la policía, y me sacarían de allí en un instante. Sip, me dirigirían a un hogar juvenil. Ese era el problema: en los hogares juveniles no te permitían llevar mascotas. Flip sería llevado a la perrera pública. Enterró su cabeza en mi axila y tembló tanto que pensé que estaba teniendo un ataque.

Metí al perro en mi mochila y entré a la casa, a mi habitación, donde tomé mi media donde guardaba el dinero. Solo tenía nueve dólares porque el resto se lo había dado a la tía Jeanie para que lo guardara en el banco por mí. Tomé la pequeña fotografía de mamá y yo en la playa. Estaba intentando guardar la más grande en la mochila, la de Laura, cuando Leo entró en el cuarto.

—Campeón —dijo.

Agarré la mochila y a Flip y lo tuve que empujar a Leo para poder pasar, pero tuve que volver a buscar el estúpido inhalador. Leo me seguía a todos lados, desesperado.

—Campeón, por favor, tenemos que hablar de esto. Espera tan solo un minuto.

Pueden apostar que no lo hice. Flip y yo nos fuimos de allí.

36

EL MOTEL MÓVIL

Empezaron a llegar mensajes de la tía Jeanie. "Por favor vuelve a casa. Te estamos esperando. Estaremos en la casa esperando tu llamada". Nunca usó *nuestra* casa. Me fijé si había algún mensaje de Halley. Nada. Deshabilité el rastreo de localización de mi teléfono. Un chico hacker en uno de los hogares juveniles me enseñó cómo hacerlo. Siempre estaba escapándose, y era bueno para mantenerse escondido hasta que se le acababa el dinero o caía enfermo. Los policías definitivamente iban a tratar de ubicarme de esa manera cuando la tía Jeanie los llamara, que iba a pasar tarde o temprano. Eso sería cuando Leo le contara que me había golpeado. No quería que fuera a la cárcel ni nada de eso, pero tampoco había chance de que volviera con ellos. Ni una. Qué desastre.

El sol se puso, y al poco tiempo se enfrío el aire del parque. Flip y yo nos subimos a un autobús, y lo abracé con fuerza, aunque no estuviera tratando de escaparse. Yo estaba temblando mucho, y eso lo hacía temblar peor. Intenté dejar de pensar en cómo no podía hacer nada bien, que quizás fuera mejor que mamá ya no estuviera para ver cómo había arruinado todo, y a todos, Jeanie, Leo, y sobre todo a Halley.

Estaba tan asustado que me empecé a ahogar. Tuve que aspirar tres veces a través del inhalador. Era difícil retener la medicación en mis pulmones, como se supone que hay que hacer durante unos segundos antes de exhalar, porque estaba llorando, la clase de llanto en la que por el pánico el corazón te late más rápido que después de correr. Excepto que no estás corriendo. Estás sentado, entendiendo por fin, viendo tu fin por lo que realmente es: un error. Debía sentirme así de mal. Entonces fue cuando empecé a entender que mamá estaba muerta. Quiero decir, sabía que ya no estaba, pero ahora *realmente* lo sabía. Ahora ella, Tess Coffin, estaba absolutamente en ningún lado. Porque si estuviera en *algún* lado, no permitiría que Flip y yo estuviéramos tan mal. En algún lugar como por ejemplo alguna dimensión paralela, desde donde quizás pudiera susurrarme las palabras indicadas y decirme qué hacer. Me había sentido mal en algunos de los hogares juveniles, pero nunca de esta forma. Ahora no tenía ninguna protección, y peor que eso, ¿cómo iba a hacer para cuidar a Flip? Ni siquiera sabía adónde ir.

Cliqueé en un video de mamá. Estaba en el supermercado, probando todas esas muestras de queso, pretendiendo elegancia con un impostado acento británico. "Este sí que tiene una estructura densa en el paladar. Prueba uno, querido". Y conseguía que la señora triste con la red en el cabello sonriera a medias. Luego miré fotos de Halley y yo, selfies que sacó y me envió, nuestras frentes tocándose, y Flip estaba en todas y cada una. Luego dejé de mirarlas. Cerré los ojos hasta que me dolieron los párpados. Metí a Flip adentro de mi capucha, y rápidamente dejó de temblar y comenzó a lamerme el cuello.

Alguien me sacudió el hombro. La conductora del autobús. Estaba vacío y había estacionado.

—Ya es medianoche —me dijo. Estaba sosteniendo a Flip—. Necesitaba hacer pis. Lo saqué afuera.

—Perdón —dije.

—Afortunadamente fui yo y no otro. Se lo hubieran llevado. ¿Sabe hacer algún truco?

—Flip, surfea.

Flip surfeó en su falda y le dio un beso.

—Quiero que te sientes cerca de mí —dijo—. Es muy tarde. Debería llamar a la policía, pero no lo voy a hacer.

—Yo...

—Lo sé —dijo—. Lo sé.

Me dio la mitad de un sándwich de Subway. Compartí el pavo con Flip. La conductora también me dio una botella de agua, y Flip la sorbió de la palma de mis manos. La conductora apoyó su mano en mi frente y dijo una vez más "Lo sé" y luego siguió manejando. La ciudad pasó a través de las ventanas. Todas las luces. La gente en las ventanas de los edificios haciendo cosas normales, como mirar la tele o cocinar. La gente en los automóviles. Todos parecían un poco doblados. El tiempo se volvió más lento hasta que me pregunté si no se había detenido realmente. Si no tenía a Flip para cuidar, no me hubiera importado si vivía o moría, y no estaba seguro de que le hubiera importado a alguien, no de verdad, no ahora.

A la una de la madrugada vino otro conductor. La conductora amable le dijo algo al oído. Se señaló el lado izquierdo de mi rostro, el mismo lado donde Leo me había abofeteado. El otro conductor no dejaba de sacudir la cabeza. Sacó el teléfono y allí fue cuando me bajé del autobús. Flip y yo corrimos.

Cuando estuvimos lejos me detuve a ver mi cara en la ventana de un automóvil. No estaba tan mal. Mi labio estaba algo inflamado, y se veía rojo donde su mano me había golpeado; nada demasiado alocado. En un día o dos habría desaparecido. Salvo que nunca sería lo mismo, probablemente ni siquiera para Leo.

Fuimos a la sala de espera del ferrocarril de Long Island. Era enorme y me hizo recordar la época en la que mamá y yo tomábamos el tren a Brooklyn en el centro comercial donde dormía un montón de gente. Supuse que Flip y yo estaríamos a salvo hasta que pudiera resolver qué hacer, pero no podía resolverlo ni estábamos a salvo. Un cretino se sentó a mi lado.

—¿Tienes hambre? —me preguntó.

—No.

—Veo. Seguro. ¿Quizás necesitas un lugar donde dormir esta noche?

—*No.*

Busqué un policía, y luego recordé que no debía permitir que me viera uno.

El cretino sonrió y asintió.

—Me gusta tu perro. ¿Puedo acariciarlo?

Arropé a Flip debajo de mi brazo y me fui de allí. El tipo me siguió y no dejaba de decir:

—Espera. Ey, espera.

Me eché a correr. Sí, definitivamente mamá estaba muerta.

37

LOS OJOS DE FLIP Y EL ÚLTIMO ADIÓS

Fui hasta el porche de la casa de los Moho y me senté en el último escalón, con Flip en mi regazo, así podíamos vernos los ojos mutuamente. Vi mi reflejo en los suyos, todo deformado.

—Vas a estar a salvo aquí, pequeñín. Eso es todo lo que quiero, incluso si no puedo estar contigo. Vas a ser feliz.

Hacía frío y Flip ahora temblaba muy mal. Lo abracé una vez más y lo até a la puerta. Ladeó la cabeza, y supe que estaba esperando que lo dijera. Lo que le decía cada vez que lo dejaba al cuidado de los Moho. Que iba a regresar. Que se lo prometía. Le di la espalda súbitamente, y ladró. Corrí hasta la esquina y llamé a Chucky.

—*¿Coffin, qué demonios ocurre? ¿Sabes qué hora es?*

—Chucky, ¿escuchas a Flip, verdad? Está en la puerta de tu casa. Déjalo entrar. Adiós.

—*Ben, espera...*

Esperé, sí, hasta que bajó y recogió a mi perro. Miró hacia la calle, pero me había escondido bastante bien entre los coches. Flip me vio, igual. Sus ojos me observaban y ladraba como loco hasta que Chucky lo hizo entrar.

Doblé la esquina y vomité y me hundí contra la pared de un edificio, detrás de otro estúpido contenedor de basura. Me dolía la cabeza. Solo necesitaba cerrar los ojos durante un instante y recuperar el aliento, salvo que me quedé dormido.

38

EL PEOR MOMENTO
PARA CAER ENGRIPADO

Hacía calor cuando me desperté, demasiado calor para ser otoño. Me sentía como si fuera verano. La calle hedía por todas las bolsas de basura en la vereda. El sol todavía no estaba muy alto, pero el clima estaba como durante la tarde, sin un soplo de viento. La luz del sol estaba demasiado resplandeciente. Todo brillaba raro. Me obligué a ponerme de pie y fui hasta la esquina. Eché una mirada hacia la casa de los Moho. Las cortinas estaban abiertas, pero no se veía nada en las ventanas. La avenida estaba llena de autobuses escolares y camiones de carga; el tráfico era ruidoso, con un montón de bocinas y sirenas.

Esperé hasta que salió la señora Moho con una de las chicas, que se subió al autobús escolar. Flip salió y se dejó caer en el porche. La señora Moho subió los escalones y acarició al perro. Su rabo apenas se movía. Estaría bien en unos días, estaba seguro. Eso me hizo sentir bien, bien y solitario también. La señora Moho lo alzó, le dio un beso y se metieron en la casa.

Mi estómago se retorció de nuevo. Esta vez no vomité. Tenía que comer algo. Subí por la avenida hasta el Dunkin' Donuts y me pedí un sándwich y un té helado, y luego de eso solo me quedaban cuatro dólares. La mujer de la caja me miraba extraño.

—¿Estás bien?

—Sí, ¿por qué?

Me dio un té caliente con limón y un montón de servilletas.

—Límpiate un poco. Tu nariz está chorreando.

¿Cómo podría estar resfriado en un día tan caluroso? Pero la mujer tenía razón. Mi nariz era un espanto. También estaba temblando un poco, y el aire acondicionado lo hacía peor. Salí a la calle y busqué un lugar tranquilo para comer. Debían hacer como treinta y siete grados. Me encontré reflejado en la vidriera de un local. Me veía horrible, como si hubiera dormido a la intemperie, que por supuesto era lo que había hecho. Mi pelo estaba grasoso y aplastado contra el cráneo, y mi ropa estaba mugrienta y arrugada y transpirada. Uno de mis ojos estaba rosado e inflamado como cuando tienes fiebre. Ya desaparecería. No me enfermaba seguido, y si lo hacía no estaba tan mal, al menos no como ahora. Me detuve a darle un mordisco al sándwich; a pesar de que estaba hambriento, la mera idea de comerlo me daban ganas de vomitar. Caminé durante un rato, y me chocaba una y otra vez contra la gente. Me costaba caminar con la cabeza en alto. Llegué hasta la costanera, hasta nuestro lugar habitual (mío y de Halley y de Flip), salvo que ya no era nuestro lugar. Un viejo estaba sentado en el banco. El Luna Park estaba inmóvil y vacío. La playa también estaba vacía, todo el mundo en el trabajo o en el colegio, supuse.

Bajé hasta la arena y me senté a la sombra de la costanera. Ahora sí que estaba temblando. No podía ni siquiera masticar la costra del pan. El olor me daba arcadas. Sí, definitivamente estaba enfermo, la clase de enfermedad que no te puedes curar solo y necesitas un doctor. Le di el sándwich a las gaviotas, y luego me encogí esperando que nadie me encontrara antes de morir, porque en ese caso llamarían a la policía, y me llevarían al hospital y me pondría mejor, ¿y todo para qué? ¿Adónde iría? No quería ir a ningún lugar. No sin Flip. No sin Halley.

Salvo que de pronto no estaba sin Halley. Me sacudía el hombro.

—Levántate, Coffin.

Se veía genial, como la primera vez que la vi, nueve meses atrás, durante las vacaciones de invierno. Esta mañana la peluca se parecía a su pelo real, largo y despeinado, castaño claro. También estaba algo bronceada. Me sostuvo la mano y sus dedos estaban tibios y agradables.

—¿Cómo me encontraste?

—Nunca te pierdo de vista. Ey, no puedes rendirte. Tenemos que terminar nuestra novela.

—¿Somos amigos de vuelta?

—¿Alguna vez dejamos de serlo? Tengo que asegurarme de que veas qué hay dentro de la caja mágica, ¿no? El Tesoro Más Grande. Estás tan cerca de lograrlo, Ben. Solo tienes que seguir andando. Es justo doblando la esquina. Tienes que ponerte mejor. Los chicos de Léele a Rufus dependen de nosotros. No lo vas a dejar a Brian esperando. ¿No, mamá?

—Le romperías el corazón, Ben —dijo la señora Lorentz, acercándose—. El mío también. Pobrecito. Ven aquí, corazón. Déjame chequear tu temperatura.

Me apartó el cabello, me dio un beso en la frente y dijo:

—Estás ardiendo. Ven, déjame que te abrace.

Me abrazó y me sostuvo de la misma manera que en Rosh Hashaná, cuando no me soltaba. Me acunó suavemente y silbó alguna melodía, como mamá había hecho cuando me enfermé el invierno pasado. Halley se unió a nosotros, también silbando y abrazándonos. Allí estábamos los tres, sosteniéndonos mutuamente, a salvo. Las vibraciones de sus silbidos entraron dentro de mí, y me sentí mucho mejor, como si zumbara; hasta habría sonreído si no fuera porque me sentía mal por Flip.

—Me odiará por haberlo abandonado.

—Oh, Ben, él nunca te odiaría —dijo la señora Lorentz—. Te ama sin importar qué hagas. Mira.

Flip apoyaba su pata contra mi pierna, rogando que lo alzara.

—Nunca vi que su rabo se moviera tan rápido —dije—. No sabía ni siquiera que eso era humanamente posible. Bueno, no humanamente. Ustedes me entienden.

Pero no me entendían. No podían. Halley y la señora Lorentz no estaban allí. Las olas seguían inmóviles. No había ningún movimiento: las gaviotas estaban suspendidas en el aire, sus alas no se agitaban. No graznaban. No había sonido. Nada. Todo estaba desapareciendo, el calor, la luz, y yo estaba solo, y estaba frío y oscuro y silencioso, salvo por una cosa, el lloriqueo de Flip. Y no disminuía. Al contrario, aumentaba. Tanto que podría haber jurado que el perrito estaba lloriqueando justo contra mi oreja.

Me desperté donde me había desmayado, detrás del contenedor. Flip se arrastraba por mi axila, y me lamía la cara como si fuera un helado. Abrí mis ojos, y todavía era de noche. Mi teléfono estaba vibrando con media docena de mensajes de Chucky.

> **CM:** Flip se escapó. Vuelve aquí y ayúdame a encontrarlo.

Miré hacia la esquina. Flip había agujereado el cartón de la caja de pizza que tapaba el ventanal en la puerta de los Moho.

Le escribí a Chucky para que no se preocupara, que Flip estaba conmigo, y era cierto. Realmente estaba conmigo.

39

CUPONES, PELÍCULAS Y PROMESAS

Fuimos con Flip al McDonald's que estaba abierto toda la noche y compartimos una hamburguesa. Luego compré un cepillo de dientes y una botella de agua en la farmacia de turno. La gente que estaba en la calle a esa hora se veía como Flip y yo. Se veían sospechosos, como si esperaran que ocurriera algo malo en cualquier momento.

Me dirigí adonde recogía los cupones de descuento y me lavé los dientes en la avenida. Empezaba a amanecer, y Flip y yo nos acurrucamos mientras esperábamos. Mi jefe apareció en su furgoneta.

—Más temprano que lo habitual, Coffin. No te ves nada bien.

—Gracias, jefe.

—¿Todo bien?

—¿Podría prestarme diez dólares?

Entregamos los cupones, y Flip era el de antes, trotando junto a mí, la cabeza en alto. Cada vez que lo miraba, daba un pequeño giro y me husmeaba las zapatillas. Luego fuimos a otro McDonald's hasta que abrió el cine.

—¿No deberías estar en la escuela? —me preguntó el tipo que vendía las entradas.

—Me dan clases en mi casa.

—¿En estos días las clases consisten en ver *El planeta de los simios?* Sí que vives bien.

—Ni que lo diga —dije.

La escuela. Era lo último en lo que había pensado. El bullying, almorzar bajo las escaleras, las estúpidas bromas de Angelina, el chicle en la fuente, los empujones de Ronda: todo parecía tan *nada* ahora, tan lejano; tan lejano como la idea de ir a la universidad con Halley, o ir a la universidad simplemente. Estaba transformándome en uno de esos chicos, los que desaparecían.

Una vez que me senté en la parte de atrás del cine y las luces se apagaron, saqué a Flip de la mochila y se durmió dentro de mi sudadera. Programé la alarma del teléfono para despertarme antes de que la película terminara, y entonces me colé en otra película e hice exactamente lo mismo, y luego una vez más, hasta que se hicieron las tres y nos tuvimos que ir. Incluso si Halley no quería ser más mi amiga, no iba a decepcionar a la señora Lorentz. Iba a mantener mi promesa.

40

EL VIAJERO BRIAN Y EL TÚNEL DE LUZ

—¡Ben, mi Ben, qué les pasó a ustedes dos! —dijo la señora Lorentz—. Esas ojeras que tienes. Parece como si no hubieras dormido en un mes. ¿Qué es esa marca en tu mejilla?

—¿Cómo está Halley?

—Estuvo toda la noche llorando. No respondiste mi pregunta. Ese tipo Rayburn del que Halley me contó, ¿te volvió a pegar?

—Fue una señal de alto.

—¿Una señal de alto? —preguntó con los brazos entrecruzados y el ceño fruncido.

—Me da mucha vergüenza. Estaba mirando mi teléfono mientras caminaba, y me llevé puesta una señal de alto.

Una vez había visto que a alguien le pasaba eso.

—¿Están esperándonos arriba? —continué.

Allí estaban, toda la pandilla de Léele a Rufus, todos salvo Halley. Flip chocó puños con todos y se sentó en el regazo de Brian. Tenía que lograr que continuara lo de Flip y este programa. Era lo único que me hacía sentir bien en estos días. Lo único que se sentía correcto.

—¿Qué historia le vas a leer hoy a Flip, Bri?

—Me olvidé de elegir uno.

Busqué en mi mochila. Era mi último libro, el que Halley había dejado en la mesa de Housing Works.

—¿Plu, *Plumas*?

—Eres genial. Este es otro libro donde el final es triste pero final.

—Entonces mejor empiezo a leerle a Flip —dijo—. Está esperándome.

Y Brian leyó la parte sobre los momentos que duran por siempre jamás. Al escucharlo casi podía sentir que Halley me lo estaba leyendo, como lo había hecho el día anterior en Housing Works, mientras me sostenía la mano.

Y entonces allí estaba ella. Estaba allí, y no era un sueño. Era un ángel de carne y hueso. Se sentó junto a mí y apoyó la cabeza en mi hombro y se puso a escuchar. Tenía puesto una boina gris claro, y se sentía agradable contra mi mejilla. Todo se sentía perfecto en ese momento, estando allí con ella y los chicos y la señora Lorentz y Flip. Estaba tan feliz que no me preocupaba el futuro. Ni siquiera se me pasaba por la cabeza.

Saludamos a todos, y luego la señora Lorentz alzó a Flip y bajó las escaleras para dejarnos a solas a Halley y a mí. Nos sentamos bajo la protección de la estantería con toda la saga Dragonbreath.

—Lo siento —dijimos los dos al mismo tiempo.

—Llevemos a pasear a Flip a la costanera y trabajemos en *La caja mágica* —dije yo.

—No puedo, tengo otra estúpida cita con el doctor. Mandame un mensaje a la noche, después de hacer la tarea. Podremos trabajar entonces.

—Gracias —dije.
—¿Por qué?
—Por no despedirme.

Ayudé a la señora Lorentz a cerrar la biblioteca, más o menos. Deshabilité la alarma de la puerta trasera y la dejé destrabada.

—De verdad estás muy pálido, Ben. Toma esto para el viaje —dijo, y me dio una naranja y una barra de cereales—. ¿Cómo van las cosas en casa?

—Ya sabe, acomodándome.

—Bien —dijo con su boca, pero sus ojos decían "No te creo ni un poco".

—Mejor me voy así llego para cenar —dije, antes de que me pudiera hacer más preguntas.

—Cuidado con las señales de alto.

—Sí —dije, tropezando con el marco de la puerta mientras me iba, simulando que me golpeaba la cara.

—Pobrecito —dijo—. Déjame ver.

—Estoy bien, estoy bien —dije—. Gracias.

Me dirigí hacia el tren, simulando que estaba un poco atontado. Si sobrevivía a la adolescencia, bien podría intentar una carrera como actor.

Esperé detrás del puesto de golosinas de la esquina hasta que ella se fue; luego fui al callejón y entré de nuevo en la biblioteca. Estábamos solos, Flip y yo. Estábamos a salvo. Leí fragmentos de un montón de libros. Creo que si hay un cielo sería mi propia biblioteca personal. Caminé entre hileras e hileras de libros y pasé las yemas por sobre los lomos. Bajo la luz del crepúsculo sentí la magia en ellos. Me susurraban: *Tómame. ¿Quieres escuchar un secreto increíble?*

Cuando el sol ya se había terminado de ocultar leí gracias a la luz de mi teléfono. De ninguna manera iba a encender las luces. Los faroles de la calle iluminaban parte del primer piso, así que subí allí y me quedé observando la fotografía serigrafiada de la antigua torre de paracaidismo del Luna Park, que se elevaba en la sección jóvenes adultos. Juro que escuchaba las risas y alaridos de la gente en el parque de atracciones.

Tenía dos latas de comida para perros en la mochila, y la verdad es que no sabía tan mal. Encontré sobrecitos de kétchup sin abrir en la basura y les añadí agua caliente del lavabo. Me ayudó a sentir calor. Chequeé mi teléfono e ignoré la corriente de textos de mi tía Jeanie hasta que no pude más. Estaba muerta de preocupación. Había llamado al colegio. La directora Pinto había llamado a la policía. Estaban tan enojados consigo mismos, Leo y Jeanie, me dijo. ¿Por qué no se le había ocurrido anotar el número de la amable señora que me había llevado al hospital cuando tuve el ataque de asma? Por favor, por favor, llama a *la* casa. Le mandé un mensaje: *Estoy bien. Necesito tiempo para pensar. Me siento muy mal por preocuparte. Te llamaré cuando resuelva algunas cosas*. Pensé en qué más decir, pero no se me ocurría nada más que Te quiero, y sabía que eso solo la pondría peor. Después de eso la bloqueé, porque realmente no sabía si podía aguantar toda la tristeza que ella me iba a mandar por mensaje. Esa noche en la biblioteca estaba cómodo. Estaba junto a Flip, y sentía que allí estábamos realmente a salvo, y no quería desanimarme. Le escribí a Halley.

BC: ¿Cómo estuvo lo del doctor?

HL: Solo un análisis de sangre. ¿Siguiente capítulo de *La caja mágica*?

BC: Ok. Rayburn se ha embarcado secretamente en nuestra nave espacial, la Torre Dorada de Luz.

HL: ¡Lo sabía! ¡El temible Rayburn! ¿Entonces?

BC: Flip lo detectó con el olfato. Atrapó a Rayburn en el depósito, mientras trataba de robar la caja mágica.

HL: ¡Bien Flip! Rayburn corre hasta la escotilla donde había atracado su sigilosa nave invisible. Si Helena y Bruce no le permiten llevarse la caja, él sacará de repente su espada láser y hará un agujero en la ventana; la pérdida de presión hará estallar nuestra nave de luz dorada y todo lo que hay en ella. ¿Lo dejarán escapar?

BC: No pueden dejarlo. Necesitan llevarle la caja mágica a Tess. Helena le dice a Rayburn: "¡Espera! ¡Necesitas la llave!". Rayburn chequea la cerradura y se ríe a carcajadas. ¡La caja nunca estuvo cerrada con llave!

HL: Oh NO, tramposo. ¡Mercurius la cerró con la llave hecha de chispas!

BC: ¡Solo simuló hacerlo! Quería que Helena y Bruce fueran capaces de obtener la magia y salvarse en caso de que las cosas salieran realmente mal, COMO AHORA. Es como él dijo: un mago grandioso nunca mantiene su magia escondida. Está hecha para ser compartida. Así que por una vez por todas, ¿qué es lo que hay dentro de la maldita caja?

HL: Pregúntale a Rayburn. ¡La está abriendo!

Esperé a que ella continuara, y esperé. Al final le mandé un mensaje: *¡¿Y?!*

> HL: Rayburn está llorando. "¿Esto es el Tesoro Más Grande? Por Dios, no vale absolutamente nada". Y pierde del todo el conocimiento".
>
> BC: ¡¿Qué, dime?! ¿¿Qué hay dentro??
>
> HL: Flip arrebata la caja de las manos de Rayburn y se sienta encima, e impide que Helena y Bruce miren lo que hay dentro. Flip no muerde, pero no permite que lo empujen. Ahora, ¿cómo harán Helena y Bruce para vengarse de Rayburn? Dejaré que te encargues de los detalles escabrosos.
>
> BC: Yo digo que lo suban a una cápsula para dormir, le pongan música tranquila y le digan que se relaje hasta que lleguen a Mundum Nostrum. Una vez que le entreguen la magia, Tess lo convertirá en un humanoide casi decente.
>
> HL: Por estas cosas es que te amo. Sabes que no hay villanos. Ok, gran sesión de improvisación, pero... afff, ayer no dormí nada. Debo. Irme. A. Dormir. Bnoches. ;0)

—Ojalá pudieras leer, Flip. Te preguntaría si ves lo que yo veo. El guiño. Me mandó el guiño. ¿Qué gracioso, no? Sí señor.

Tuve que leer ese mensaje varias veces para asegurarme de que decía lo que pensé que decía.

—De verdad me ama, Flip. Como un amigo, quiero decir, pero igual.

Me lamió la nariz y se escabulló dentro de mi sudadera.

Nos acomodamos en un sillón de la oficina trasera, y no podía dormirme porque no lograba imaginar qué había dentro de la caja. Abrí un poco la ventana para que entrara algo de aire, y se sintió bien. Respiré y respiré y respiré un poco mejor, y luego me quedé dormido.

Solo había dormido unos minutos cuando me despertó el gruñido de Flip. La biblioteca estaba a oscuras. Lo único más oscuro era la silueta de un hombre muy alto parado junto a mí. Sacó algo de su cintura y me apuntó, y una milésima de segundo después de escuchar el clic me golpeó en la cara un túnel de luz dorada.

41

EL HOMBRE QUE VIENE A BUSCARTE

—Hijo, solo déjame ver tu teléfono —dijo la mujer policía. La sala estaba llena y ruidosa, y me tenían en una habitación muy al fondo. A pesar del calor que hacía, Flip no salía del bolsillo de mi sudadera.

—Te diré qué —dijo la mujer policía—. Al menos dime tu nombre.

—No puedo —dije—. No puedo volver allí.

—¿Dónde?

—Por favor, solo déjeme ir. Se lo ruego. Vamos a estar bien, lo juro.

—Corazón, soy *yo* la que te está rogando. Solo quiero ayudarte a ti y a tu perro, ¿está bien? El asistente social de emergencia está en camino. En cinco minutos va a estar aquí. Si no sabes tu nombre para entonces, te llevará a custodia preventiva. Ahora bien, no permiten perros en los alojamientos de emergencia.

—Lo sé.

—Tu amigo terminará en la perrera.

—Lo sé, lo sé. No sé qué hacer.

Flip no dejaba de ladear la cabeza y lamer mi rostro.

—Por favor —dijo la mujer —tan solo dime tu nombre.

Alguien se asomó al cuarto y le dijo:

—Hay un tipo afuera que dice que viene a buscarlo.

La mujer me miró.

—Esta es tu última oportunidad.

—Está bien —dije—. Está bien. Solo prométame que llamará a Halley y le dará mi perro.

—¿Halley?

—Mi amiga. Mi mejor amiga.

—Me parece bien. Es un trato. La llamaré. Le entregaré a nuestro pequeño amigo yo misma. Y si ella no lo quiere, me lo llevaré a mi propia casa. Te lo prometo.

—¿Está segura? ¿Tiene perros?

—Dos.

Me mostró un video en su teléfono. Sus perros eran gordos y agitaban sus rabos como locos porque los estaba alimentando con bolitas de queso. Ella era mi clase favorita de policía.

—Okey, mi nombre es...

—Ben —dijo alguien. Lo miré y allí estaba Mercurius. Me abrazó y me dijo que todo iba a estar bien, que todo iba a estar bien.

42

ENCUENTRO A MEDIANOCHE

El reloj había marcado medianoche y el inicio de octubre. Estábamos sentados alrededor de la mesa del comedor. Flip roncaba panza arriba en la falda de Halley. La señora Lorentz había ordenado pizza pero nadie comió nada. Les conté todo, salvo la parte en que Leo me pegaba. Sin embargo, la parte sobre pegarle a Flip fue suficiente porque cuando terminamos de hablar, la señora Lorentz dijo:

—Bueno, tú te quedas aquí con nosotros.

—No creo que sea tan fácil, señora —dije.

—Ben, por favor, soy una bibliotecaria.

—Especialista en medios —acotó Halley.

—De cualquier manera, deja de decirme señora.

—Es mejor que quererte mandar un guiño —dijo Halley.

La miré con cara de *CÁLLATE*.

—Ni siquiera sabe qué significa —se defendió.

—¿El emoticón? —dijo la señora Halley—. Oh, eso es tan dulce de tu parte, Ben. Puedes mandarme el guiño cada vez que quieras y yo te mandaré otro de regreso. Seremos colegas guiñadores, ¡qué divertido!

Halley me miró con cara de: "Guau, ella incluso es más tonta que tú en todo esto".

—Definitivamente tienes que quedarte con nosotros —dijo—. Tú y mamá se van a llevar genial. Sí, de verdad será divertido torturarte.

—Ben —dijo la señora Lorentz—, estoy pensando que tienes que llamar a tu tía.

Iba a estar hecha un mar de llanto. Peor, me iba a querer hacer hablar con Leo. No podía soportar eso. Mi cerebro estaba frito, lo que necesitaba era dormir.

—¿Puede llamarla por mí?

—Pobrecito. Bueno, dame su número. Tú la llamarás mañana.

—Ben, vamos a prepararte la cama para ti y para Flip —dijo Mercurius.

El sillón de su pequeña oficina se plegaba y se hacía cama. Imágenes de estrellas y galaxias poblaban las paredes. Modelos de aviones y planetas colgaban del cielorraso, y había libros en todas las estanterías. Sacó la sábana que cubría la maqueta de una ciudad, el Luna Park en 1905. *De noche en el país de los sueños*. Estaba armada a medias, pero la torre dorada estaba casi terminada. Había colgado luces en miniatura desde la punta y en dirección a las torres más pequeñas que la rodeaban. Los edificios estaban hechos de papel satinado.

—Apaga las luces —dijo. Los ojos de Flip brillaban dorados con el reflejo—. Para el cumpleaños de ella. Cuando cumpla catorce.

43

JEANIE

Para cuando me desperté la mañana siguiente, la señora Lorentz tenía un montón de periódicos desparramados sobre la mesa del comedor. Ella y Mercurius estaban leyéndolos. Halley estaba envuelta en una frazada en el sillón. Tenía puesto un gorro de lana con astas rosadas. Flip saltó a su regazo, levantó la pata para un choque de puños, bostezó y se dio vuelta para que le rasque la barriga regordeta.

—Solo querría que se sintiera más en casa —dijo Halley.

—¿Cómo dormiste? —preguntó Mercurius.

—Genial —contesté. Era cierto. Había dormido tan profundamente que ni siquiera había soñado.

—Tuvimos una charla muy larga, tu tía Jeanie y yo —dijo la señora Lorentz—. Ben, necesitamos hablar de esa señal de alto con la que tropezaste. Mírame. Ven aquí.

Sostuvo mi cara contra la luz para ver dónde Leo me había abofeteado. Prácticamente no quedaban marcas. Lo había chequeado en el espejo del baño apenas me levanté. La señora Lorentz frunció el ceño.

—¿Te duele el cuello? Necesito que seas absolutamente honesto conmigo.

—Estoy bien. De verdad.

—Necesito sacar una foto de tu rostro.

—No, no quiero armar un lío de todo esto.

—Es un lío. Es un gran lío. Esconderlo solo lo hará peor.

—No es que vayan a traer otro chico a esa casa. Estaban bien antes de que yo llegara. La tía Jeanie, no quiero arruinar su vida.

—No lo estás haciendo. No hiciste nada malo. El hecho es que Leo se adelantó y le contó a Jeanie lo que ocurrió; eso va a ayudarlo un montón. Empezará a tomar asistencia psicológica, y sí que debería. Lo necesita. Lo estás ayudando a recibir la ayuda que necesita.

—No se siente así.

—Ben, no puedes volver a esa casa. Los servicios sociales no lo van a permitir. Ahora, hay un montón de cosas para resolver. Arreglé que una trabajadora social venga aquí en un rato para inspeccionar el apartamento. A Michael y a mí nos están haciendo verificación de antecedentes, y en unas horas sabremos si conseguimos la aprobación provisoria para ser padres sustitutos. Supongo que la obtendremos. Ayuda que nos conozcamos desde hace dos años. Jeanie viene a conocernos esta tarde. Lo único que quiere es que seas feliz. Y sobre todo quiere que te sientas seguro. ¿Te sientes seguro aquí, verdad? Porque lo estás. Bueno, quiero que sepas que esto no es algo que no pueda deshacerse. Tampoco estás atrapado aquí, si decides que no quieres quedarte. Luego de que Leo reciba la asistencia psicológica que reciba, y si le permiten ser tu guardián, puedes volver a vivir con Jeanie si quieres.

—No voy a querer. Ni yo, ni Flip.

—¿De verdad, mamá? —dijo Halley—. ¿Por qué querríamos que vuelva allí?

—Solo quiero que conozcas tus opciones. Iremos de un día a la vez, Ben, y seguiremos la dirección que quieras. ¿Estás de acuerdo con esto?

Lo pensé solo un segundo antes de asentir. No estaba acostumbrado a dar las órdenes. No estaba acostumbrado a tener opciones. Estaba casi entusiasmado, como cuando vas a ver una película que piensas que va a ser apenas aceptable pero termina siendo genial.

Mercurius me miraba y asentía. Halley abrazó a Flip.

—Todo va a salir bien, Flip. Todo va a salir bien.

—¿Entonces estamos todos de acuerdo en que por el momento Ben estará mejor viviendo aquí? —preguntó la trabajadora social. La miró a la tía Jeanie—. ¿Está segura de estar de acuerdo con esto?

Hoy mi tía tenía puesto incluso más maquillaje que lo normal. Se quedó mirando el centro de la mesa y no a mí cuando preguntó:

—¿Estoy segura, Ben?

No fui capaz de mirarla a los ojos cuando asentí. En cambio la miré a Halley. Sonrió con algo de tristeza y lo estrujó a Flip.

La trabajadora social le indicó a Jeanie donde firmar, y allí firmó. Apoyó el bolígrafo sobre la mesa. Ella seguía sin mirarme a los ojos cuando me habló.

—Ben, ¿puedes acompañarme al coche? Tengo una cosita para ti.

Era una tarde hermosa, y me ponía contento tener una oportunidad para hablar con ella.

—Quería agradecerte por todo...

—Espera, Ben —dijo. Se pasó un algodón para evitar que se le corriera el maquillaje—. Apenas pasé un minuto en el apartamento de los Lorentz y me di cuenta lo mucho que te decepcioné. Lo que decepcioné a Tess.

—Pero no lo hiciste.

—Puedo ver por qué quieres vivir con ellos. Son fantásticos. Saben cómo hacerlo.

—¿Hacer qué?

—Halley es espectacular. Hicieron un gran trabajo con ella. Solo quiero que seas feliz. Lo siento tanto. Me siento tan mal por todo. Ven, siéntate conmigo en el coche.

Lo hicimos, y ella tomó un pequeño paquete de la guantera y me lo entregó. Estaba tan bien envuelto que no quería romper el papel.

—Guarda el moño —dijo—. Es caro, y te puede servir en otra ocasión.

Desplegué el papel, y era una foto enmarcada.

—Quiero que tengas esto —dijo—. Es mi favorita de Tess, de las que estamos las tres juntas.

Mamá estaba en el medio. Tenía un brazo sobre los hombros de Jeanie y otro sobre los de Laura. Todas se estaban riendo, y era una risa auténtica. Tenían puestos unos sombreritos de Papá Noel y posiblemente estuvieran algo borrachas.

—¿No se ve realmente hermosa? —dijo Jeanie—. Tess tenía la sonrisa más encantadora. Tu madre quiero decir. Tu mamá. ¿Alguna vez me perdonarás, Ben?

—¿Por qué tendría que perdonarte? Si trataste de ayudarme.

—Así es cómo criaron a Leo. Si evitas el castigo malcriarás al chico, etcétera. Si hubiera sabido que te iría a pegar, yo habría… no sé qué. Habría hecho algo para protegerte. Jamás lo había visto violento. Dice que no está hecho para ser padre. Alguna gente no está preparada. Por favor, no lo odies por eso.

—No lo odio —dije, pero era una mentira. Salvo que quizás no lo era. No lo sé. Quizás sentía lástima por él. Definitivamente no me caía bien.

—Eres tan comprensivo. Tess siempre decía que eras especial. Ridículamente especial, así es como lo decía. Yo también lo sabía, desde los pequeños momentos que compartimos juntos los últimos años, pero tú te escondías bien. Eras tan callado. Pensé que no te agradaba.

—Pero sí me agradas. De verdad.

—Estas últimas semanas, en la casa, realmente quería que supieras que te quiero. Solo que no sé cómo. Igual no me voy a rendir, ¿okey? Seguiré intentando. Estaré aquí para ti, tanto como tú quieras.

Me dio un abrazo y luego me apartó.

—Mira lo que hice —dijo—. Te dejé maquillaje en la camiseta.

—No hay problema.

—Vete antes de que empiece a llorar. No quiero que se me corra el maquillaje.

Era muy tarde para eso. Salí del coche.

—Llámame mañana, ¿está bien? Llámame y hazme saber si estás bien. Nos veremos todo lo que tú quieras, ¿okey? Quiero estar en todas las cosas hermosas que pasen en tu vida. Sí. Todas las cosas hermosas.

Luego dijo las últimas palabras mientras arrancaba. No me estaba mirando, y su voz era suave, y lo dijo rápido, pero lo dijo.

—Te quiero.

Me quedé mirando cómo su Mercedes se volvía más pequeño en el horizonte. Ese coche estaba tan limpio que el sol lo hacía resplandecer; luego desapareció cuando dobló en la esquina. Observé la foto que me había dado. Jeanie, mamá y Laura se veían tan jóvenes. Se veían como si no estuvieran preocupadas por nada, como si nada malo pudiera pasar, y que siempre estarían así, riéndose, felices y juntas.

Era un día soleado y con brisa. A veces una mujer anciana solía vender flores en días como este, del otro lado de la costanera. Caminé rápido por la calle hacia donde ella estacionaba su carrito. Sentí el sol dentro de mí, casi como si estuviera a punto de flotar sobre el pavimento e incluso volar, tan alto que podría ver la ciudad entera. La mujer estaba allí, y por cinco dólares conseguí el ramo más hermoso, todas rojas y púrpuras y rosadas. Prácticamente corrí a casa para dárselas a los Lorentz. Para cuando llegue al apartamento la trabajadora social se había marchado. La señora Lorentz me dio un abrazo.

—Estoy tan feliz de que estés aquí. Tan agradecida.

Tomó las flores y fue en busca de un jarrón.

—Ahora ve y prepara tu habitación —dijo.

44

CHEWIE

Mercurius había movido todas sus cosas de la oficina al comedor. Le rogué que no lo hiciera, pero lo hizo de todas formas mientras yo estaba en el colegio. Dejó las cosas geniales, como las imágenes de las galaxias y los modelos de aviones. Espié bajo la sábana que cubría la maqueta del Luna Park de 1905 que Mercurius estaba construyendo para el cumpleaños de Halley. Había avanzado un poco. Ahora había tapizado de papel dorado la base de la torre y junto a la línea de la costa. El papel estaba doblado como para que pareciera un océano repleto de pequeñas olas silenciosas.

Sobre la maqueta estaba colgada una plancha de corcho. Mercurius había quitado los diagramas y esbozos de los trucos que estaba desarrollando para la gran fiesta que tenía en el Museo de Historia Natural. Colgué mi póster de Chewie. Apreté las chinches, pensando cuánto tiempo pasaría hasta que tuviera que bajarlo una vez más.

Halley entró con Flip y se tiró en la cama. Me observó mientras ponía las chinches.

—Así que de verdad te quedas.

—No pareces muy entusiasmada, le dije.

Se veía triste.

—Estoy muy entusiasmada. Especialmente desde que tengo otra ronda de quimio la semana próxima. Es solo una vez por mes, pero me siento bastante horrible los días siguientes. Ahora también puedo hacerte sentir horrible a ti. Estoy molestándote, Coffin. Solo digo que es genial que estés aquí. Podemos animarnos mutuamente.

—¿Durante cuánto tiempo tendrás que tomar la medicación?

—No estoy segura. Quizás algunos meses más, hasta que esté al ciento once por ciento. Mañana le voy a volver a preguntar al doctor después de tener los resultados del examen de sangre. Esa será una de las mejores partes de estar mejor. No más moretones en mis brazos.

Me mostró los lugares donde le habían sacado sangre. Los moretones eran de diferentes colores: amarillo, marrón, verde, púrpura. Se arrancó una bandita, y debajo el moretón estaba negro.

—Es verdaderamente agradable —dije.

—Vayamos a la playa y remontemos una cometa.

Y eso fue lo que hicimos. Era de color púrpura con brillitos y una cola dorada.

45

LA CHICA ARCOÍRIS
Y EL TRAPECIO VOLADOR

Al día siguiente estaba muy entusiasmado al volver del colegio, no solo porque era viernes sino porque Halley y yo íbamos a trabajar en *La caja mágica*. Estaba muy cerca de decirle que dejaría de ser su amigo si no me decía que había adentro de esa caja. Si podía salvar a un planeta entero, entonces la magia debía ser algo que se pudiera expandir, como una canción que te hace sentir más alto cuando la escuchas.

Me sonó el teléfono: la tía Jeanie. Me había mandado la etiqueta de un gato animado saludando con la patita. Le contesté con un perro de aspecto despistado. Quería cenar conmigo la semana próxima. La idea de sentarme con ella me asustaba. No quería saber nada sobre Leo, sobre lo que estaba sucediendo con la asistencia psicológica o lo que fuera. Simplemente no quería pensar en él. Ni recordar la forma en que había pateado a Flip. Pero le respondí *Suena genial*.

Halley y Flip estaban esperándome en los escalones de entrada del edificio. Ella sonreía pero se veía cansada. Le dio unas palmadas al escalón para que me sentara.

—Mamá está muy alterada. Mercurius está tratando de calmarla. Tenía que tomar un poco de aire. ¿Entiendes ahora en lo que te has metido, Coffin? Bienvenido al drama.

—¿Qué es lo que hice?

—¿Por qué piensas que tiene que ver contigo?

—Suele ser así, nada más.

—No esta vez.

Me mostró su teléfono. En la pantalla había gráfico tras gráfico con un montón de columnas llenas de números y encabezados raros como "Células T" o "Alfa-fetoproteína".

—¿Qué significa eso? —pregunté.

—Ha vuelto. Mira, no te enloquezcas, porque yo no lo estoy haciendo. Voy a recontra patearle el trasero a esta cosa. De verdad, Ben.

—Definitivamente lo harás, estoy seguro —dije, pero en realidad no sabía nada.

—Tuve la confirmación recién, cuando llamó el doctor —dijo Halley—, pero lo *supe* el día de la gira por librerías. Me desperté diferente esa mañana. Es como un calor raro en la parte baja de la espalda.

—¿Así es cómo se sentía la primera vez, el invierno pasado?

—No, esa vez me desperté con sangre en mi orina y un dolor de estómago que no cedía. Tuve que ir derecho a cirugía. Era un tumor de tres kilos. Hice que el doctor me mostrara una foto. No podía creer que eso estuviera dentro de mí. Parecía el puño de un gigante, gris con venas negras. La quimioterapia que voy a recibir esta vez es una medicación nueva, mucho más fuerte, lo que es genial porque va a incinerar por completo todo lo malo. También me va a hacer sentir bastante descompuesta por un tiempo, más de lo que suelo estar. Tengo que empezar la quimio ya mismo, mañana, así que necesito que hoy me lleves al Luna Park.

—¿Ahora mismo?

—Dejaremos a Flip en el apartamento, y luego iremos. No hay un mejor momento. Ya es octubre, y estará cerrado por fuera de temporada para cuando yo esté de vuelta al ciento once por ciento. Quiero que volemos juntos.

—¿Volemos?

Sonrió.

—Tenemos que subirnos al Vuelo sobre la Costanera.

La atracción resultó ser una mezcla de paracaidismo y una honda que te arrojaba sesenta metros en el aire a una velocidad de cien kilómetros por hora. El asistente nos aseguró los chalecos de seguridad.

—Probablemente debería haberte avisado que le tengo un miedo atroz a las alturas —dijo Halley.

—Por eso la heroína de *La caja mágica* es una trapecista —dije—. Tiene mucho sentido.

—Lo tiene, si piensas bien en eso. Quizás vomite sobre ti.

—Hubiera estado bueno saberlo antes de subirnos.

El cable nos lanzó hacia arriba (y hacia atrás, desde los tobillos) hacia la cima de la torre. Halley gritaba y se reía.

—¡Santo cielo, mi estómago!

—Oh no.

—¡No me vayas a soltar la mano, Ben Coffin!

—No lo haré, lo prometo, a pesar de que me estés rompiendo los dedos. Oh oh, aquí vamos.

Nos lanzaron hacia abajo, contra la costanera, y luego en dirección al sol.

—¡No dejes que me vuele! ¡Sujétame!

—¡Lo estoy haciendo! ¡Te tengo!

—¡Y yo te tengo a ti! ¿Ben?

—¿Halley?

—¡Estamos volando! ¡Estamos volando de verdad! ¡Es tan espectacular!

Y lo era. Lo era.

46

NO ESTÉS ASUSTADO

Caminamos lentamente a lo largo de la costanera y no dijimos nada, mientras el sol nos entibiaba y ella sonreía. De pronto me dio una patada en el trasero.

—¿Y eso por qué?

—No te asustes, ¿okey? —dijo—. Todo va a estar más que bien.

—Soy yo el que debería decirte esas cosas.

—Pero no estoy asustada. Lo juro. Mira.

Me señaló la casa de los espejos. Nos hacía extraordinariamente delgados. Éramos extraterrestres de ojos enormes y cabezas inmensas, haciendo mucha fuerza para no parecer asustados. Halley enfocó al espejo y nos sacó una foto con el teléfono. El flash permaneció en mis ojos toda la noche, especialmente cuando los cerraba y trataba de dormir.

El sábado antes del desayuno los cuatro nos tomamos las manos.

—Gracias Dios por estos alimentos. Gracias por nosotros. Espero que hagas que ninguno de nosotros deje de vivir su vida por el próximo mes. De ahora en más cada día es el mejor día.

Ella abrió los ojos y continuó:

—Ben, necesito que tú y Flip continúen con Léele a Rufus los días que yo no me sienta tan bien. No podemos dejar que se venga abajo. Eso sí que me enojaría. Flip, dame los cuatro.

El perro le dio la pata y luego saltó a su regazo.

—Mamá, mira sus ojos. Son como los de Harry, ¿verdad?

Así se llamaba su perro, el que había muerto.

—¿Qué está tratando de decirnos? Mira. Lo puedes ver, ¿no? ¿Qué será?

Después de comer, ayudé a la señora Lorentz a lavar los platos. Me abrazó de pronto, con los guantes de plástico todavía mojados.

—No sé qué haríamos sin ti en este momento —dijo.

—Va a vencer a esa cosa —le dije.

—Lo sé— respondió, pero ella tampoco lo sabía.

Flip y yo repartimos los cupones y nos encontramos con Mercurius en la iglesia. Cuando llegamos estaba por terminar la lección de magia que les daba a unos chicos. Una niñita se tropezó.

—Me duele la rodilla —dijo, llorando.

Mercurius la sentó en una silla y esparció un polvo mágico sobre la rodilla que hizo que el dolor desapareciera.

—Funciona —dijo ella.

—Así es—dijo él, apoyando la mano en su cabeza—. Ahora estás mejor.

Nos subimos a la 4x4 púrpura y nos dirigimos a la autopista. Me puse el cinturón de seguridad con Flip en mi falda.

—Ayer a la noche durmió con Halley —dije.

—Con nosotros también —dijo Mercurius—. A eso de las tres de la mañana nos rasqueteó la puerta.

—Perdón.

—¿Por qué? Es su trabajo. Darles cariño a todos.

No escuchamos música, tampoco hablamos. El cielo estaba blanco, demasiado brillante. Halley y su mamá habían salido temprano para que le pusieran algo en el catéter del pecho; yo no entendí bien qué era lo que eso significaba. Veinte minutos más tarde Mercurius me dijo:

—¿Ben? Gracias por estar aquí. Sin ti esto sería insoportable.

47

SIRIO

Esperaba un lugar más parecido a un hospital. Entramos a un centro comercial justo al costado de la autopista. La sala de espera tenía cuadros de bosques y caballos y uno enorme con un campo floreado.

—¡Flip! —dijo Halley. Ese día la boina era naranja furioso.

Flip surfeó y boxeó para toda la sala de espera y se subió al regazo de un pequeñín que estaba sentado junto a Halley.

—Ben, te presento a Franco, un chico increíble.

Él también estaba pelado. Le dio un beso a Flip.

—Tiene mal aliento —dijo.

—Ya lo sabemos —dijimos ambos.

Un enfermero entró en la sala.

—Bueno, Halley, ¿lista para rockear?

La señora Lorentz abrazó a su hija.

—Relájate, mamá.

—Lo estoy —contestó—. Dios mío, lo estoy.

—¿Pueden acompañarme mis amigos, el Alto y el Peludo? —preguntó Halley.

—Seguro —el enfermero me dio la mano—. Soy Jerry.

—Él es Ben —dijo Halley —. Es más inteligente de lo que parece.

—A mí me parece bastante inteligente —respondió Jerry.

Halley me tomó la mano. Temblaba. Entramos a una pequeña sala con dos asientos reclinables y una televisión enorme. Halley se dejó caer en uno de ellos, y Flip se le sentó encima y bostezó. Había aprendido que los perros bostezan cuando están cansados, claro, pero también cuando están nerviosos.

Jerry bajó apenas la camiseta de Halley. El catéter estaba justo por debajo de la clavícula, hacia el centro del pecho. Se veía como cuando conectas el inflador a la rueda de la bicicleta, salvo que era de plástico blanco. Jerry lo conectó a una sonda que terminaba en una bolsa de suero colgada de un gancho de metal en la pared. El líquido en la bolsa era transparente. Parecía agua.

—Aquí vamos, Halley —dijo Jerry—. Quizás se sienta un poco frío al comienzo.

Luego desenroscó el pequeño anillo de plástico a mitad de la sonda. Bajó las luces y encendió el televisor, sin volumen. Me alcanzó el control remoto.

—Nos vemos en media hora —dijo.

Nos quedamos mirando la tele. Estaban pasando la serie animada de la Liga de la Justicia.

—La última vez que vimos a nuestros viajeros interestelares, Helena, Bruce y Flip, estaban acercándose al planeta Mundum Nostrum —dijo Halley—. Bueno, ya casi están allí. Es el lugar más hermoso de la galaxia. Está tan silencioso allí afuera. Tan rosado y puro. Ahora estamos volando cerca de Sirio. Estamos pasando tan cerca que es lo único que podemos ver. No hay cielo, solo la estrella. La puedes ver directamente, no hace daño en absoluto. Arde con un color azul sereno, y ni el propio Rayburn podría sentirse triste. Hay una brisa susurrante. Es la voz de Tess. "Están tan cerca", dice. "Tan cerca". ¿Ben? No estoy preocupada.

—Yo tampoco —digo.

—No dormí demasiado bien con esta pulga peludita dándome patadas, así que voy a cerrar los ojos un ratito, ¿okey? Durmamos una siesta, los tres.

Cerró los ojos. Flip cerró los suyos y se metió debajo de su sudadera, lo que la hizo sonreír.

—Este perro —dijo, con los ojos todavía cerrados—. Es tan terriblemente maravilloso.

Se veía saludable. Sus mejillas incluso estaban más rosadas ese día. No tenía ningún sentido.

—¿Sabes qué? —preguntó—. Pensándolo bien, ¿puedes encontrar el canal de música y poner algún rap?

48

SIEMPRE QUISE SER UN VAMPIRO

Vomitó en el coche camino a casa. Estaba en el asiento trasero junto a ella y le sostuve la bolsa. A Flip no le importó el olor. Se acurrucó contra ella y movió el rabo. Cuando estacionamos, la señora Lorentz dijo:

—Es un salvavidas, ¿verdad Halley?

—Buen trabajo, Flip —dije.

Halley puso los ojos en blanco.

—Otra vez: está hablando de ti, bobo.

Volvió a vomitar apenas regresamos al apartamento. Le acaricié la espalda mientras estaba inclinada contra el inodoro. Su boina naranja cayó al agua. La saqué.

—Perdón —dijo.

—No me molesta.

—No, que me tengas que ver así. Vomitando. Pelada. Tengo suerte de tener una cabeza recontra hermosa.

—Es cierto.

—Oh, lo sé. Sí. Siempre quise ser un vampiro.

—Me cuesta imaginarte desgarrándole el cuello a alguien para chupar su sangre.

—No lo haría. Sería un vampiro gentil. Trabajaría como técnico en un laboratorio de análisis clínicos y bebería la sangre que descartaran. Igual lo seré dentro de poco.

—¿Técnico de laboratorio?

—Parecer un vampiro. Ya lo verás, cuando pierda más peso. Podría ponerme a llorar. En sexto grado fui premiada Mejor Cabello. Yo, Halley Lorentz. Estoy segura que entraría a Harvard con ese premio en mi currículum. Okey, parece que no voy a llorar al final. Fiuuú.

Se sostuvo en mí para llegar a su habitación y se dejó caer en la cama.

—Cúbreme rápido con todas las frazadas que haya. Gracias. Ben, apesto y estoy hecha un asco, así que Flip es el único que se puede quedar, ¿está bien? Tú eres el único, Flip. Sus ojos, Ben. ¿Viste?

Los dejé solos. La señora Lorentz dormía en el sillón con sus brazos sobre los ojos. Mercurius hacía una sopa.

—¿Hace falta una mano? —pregunté.

—Ya la estás dando —dijo—. Aunque en realidad me vendría bien que pruebes la sopa.

—Tiene un sabor saludable.

Se rio, o algo así. Mercurius tenía una risa muy tranquila, prácticamente una sonrisa, la clase de sonrisa que tiene el superhéroe cuando termina la película y todo está bien en el mundo.

—Estoy pensando que quizás sea *demasiado* saludable para nosotros dos. ¿Qué tal si pedimos una pizza?

—Puedo ir a buscarla —ofrecí—. De todas maneras tengo que pasear a Flip.

Ya en la calle le escribí a la tía Jeanie y le avisé que necesitaba postergar la cena. Iba a tener una semana realmente intensa.

Halley durmió sin pausas hasta la mañana siguiente. Su mamá le hizo beber té helado de peperina con miel, y también lo vomitó. Siguió durmiendo. Se levantó para las cuatro de la tarde del sábado. Estaba demasiado contracturada como para seguir en la cama, pero demasiado cansada como para trabajar en *La caja mágica*. Jugamos videojuegos. Su teléfono vibró con un mensaje. Había estado vibrando prácticamente sin parar.

—Ahora todos están reclamando verme. Mis amigos del colegio. Sí, aunque no lo creas, soy increíblemente popular y estoy repleta de amigos. Me han estado reclamando verme desde esa primera excursión a la sala de emergencias el invierno pasado, pero yo sigo rechazándolos. Sé que es cruel no permitirles que me ayuden, pero no puedo verlos ahora, ¿sabes? Quiero estar a un ciento once por ciento. No es por cómo me veo. Es por la manera en que me mirarán. La tristeza en sus ojos. El miedo. Tú y Flip nunca me miran de esa forma. Quizás me miras un poco triste, pero no me tienes miedo.

Estaba en lo correcto. No le tenía miedo. Era lo suficientemente dura como para soportar cualquier cosa. Yo me tenía miedo a mí mismo. De cómo sería el mundo sin ella. Sería como un planeta que hubiera perdido su órbita tras ser lanzado al espacio sideral, donde todo es frío y no puedes respirar.

—Tengo un regalo para ti —dije—. Está en la otra habitación.

—¿Tu habitación?

—Ahora vuelvo.

Era un gorro de lana con todos los colores del arcoíris. Lo había comprado en la calle del hombre que vendía medias y estuches para el teléfono. Halley se lo probó y se miró al espejo.

—Te amo, Ben Coffin. Nunca me lo voy a sacar, incluso si mi cabello vuelve a crecer.

49

¿DÓNDE ESTÁ HALLEY?

—¿Cómo está? —preguntó Chucky durante el almuerzo del lunes, en nuestro lugar habitual de la cafetería escolar.

—Lo está manejando muy bien —dije. La ventana estaba abierta; era uno de esos días de principios de otoño en que el clima olvida que ya no es verano. Todas las moscas de la ciudad habían decidido tener una conferencia alrededor de nuestro contenedor de basura.

—Me gustaría visitarla —dijo—. No para mirarle el trasero. No sería lo correcto a esta altura.

—No es correcto a ninguna altura —respondí.

—Coffin, tengo trece años. Comprenderás cuando tengas mi edad. Solo quiero agradecerle.

—¿Por qué?

—No lo sé. Fue simpática conmigo.

—No se está yendo a ningún lado. Ya la verás cuando se mejore.

—Me gustaría ir hoy otra vez a Léele a Rufus, solo por las dudas. Perdón. No quise decir eso. Estoy seguro que se pondrá mejor.

—Mira, Chucky, quizás en otra ocasión. Voy a hablarlo con ella. Veremos, ¿sí?

Angelina se dejó caer a mi lado y tomó una de mis galletas con chocolate. Ronda se quedó de pie junto a ella, con los brazos cruzados.

—Damon me dijo que estás mal de la cabeza —dijo Angelina con la boca llena.

—Qué brillante observación viniendo de Damon —dije.

—¿Te has vuelto loco? Tú no puedes hablarme a mí de esa manera.

—¿Ya no habíamos establecido eso?

Halley me inspiraba a defenderme por mí mismo. La manera en que enfrentaba su cáncer. No era suyo, en realidad. Enfrentaba al cáncer. Saqué mi teléfono y tomé una foto de Angelina.

—Pinto dijo que debías mantenerte lejos. Vete o se la envío por correo.

—Maldito nerd. Si me suspenden...

—La verdad no me importa.

—Vámonos —dijo Ronda.

Angelina se levantó.

—Lástima por lo de tus pantalones —me dijo.

Revoleé los ojos.

—Okey, ¿por qué sientes lástima por mis pantalones?

—Parece que te sentaste sobre un chicle.

Me levanté y por supuesto que mi trasero y el banco estaban conectados por un largo hilo de chicle que olía a jugo de fruta.

—Brillante, Angelina —dije.

—Gracias.

—No, lo digo en serio. Eres *tan* creativa. ¿Todo este asunto de poner chicles en el asiento de otro? Nunca nadie lo hizo antes. ¿Cómo se te ocurrió una idea tan deslumbrante? Quiero decir, eres una genia.

—Lo suficiente como para no sentarme en una bola de chicle.

Se seguía riendo, como si volverme loco la hiciera realmente feliz.

—Cállate, Ange —dijo Ronda.

—No, de verdad, ¿no es acaso el perdedor más grande?

—¿Sabes qué, Caramello? Coffin tiene razón. Eres una maldita *genia*. No tienes permiso para seguir estando en mi presencia.

Luego la empujó y se fue de allí.

Angelina salió tras ella.

—¿*Yo* no tengo permiso para seguir en *tu* presencia? Se te dieron vuelta las cosas, Glomski.

—La odio —dijo Chucky—. De verdad, ¿cómo puede ser que alguien como Halley tenga cáncer cuando debería ser para Angelina?

—Chucky, ¿por qué no te callas?

—¿Qué?

—¿Por qué cualquiera de ellas debería tener cáncer?

No podía borrar de mi cabeza la boina anaranjada flotando en el inodoro.

Cuando llegué a la biblioteca para el Léele a Rufus, Flip y Mercurius estaban allí, pero Halley y la señora Lorentz no.

—¿Está bien? —pregunté.

—Tiene la temperatura alta —dijo Mercurius—. ¿Tú estás bien?

—Por supuesto.

—Quiere que saquemos fotos. Dice que les avisemos a todos que la próxima vez vendrá seguro.

Y eso fue lo que hicimos. De todas formas, Brian preguntó:

—¿Dónde está Halley? ¿Por qué no puede estar con nosotros?

Flip también parecía confundido. Miraba hacia todas partes, buscándola.

Cuando volvimos al apartamento le mostré las fotos. Las miró todas y cada una.

—Me estoy empezando a sentir mejor. Estoy sintiendo cómo funciona la medicación, ¿sabes? La siento. Estaré allí la próxima vez. De verdad, Ben.

—Sé que lo harás.

—De verdad.

—De verdad.

50

ES COMO CUANDO TE MUERDES LA LENGUA

Halley apenas dijo palabra durante el desayuno del martes; tampoco comió.

—Corazón, come algunas tostadas al menos —dijo la señora Lorentz.

—Estoy bien.

—Pensé que te estabas sintiendo mejor.

—Lo estaba. Pero prefiero no desperdiciar comida, ahora que sé que voy a estar vomitando como loca en unas horas.

Esa tarde era su segunda sesión de quimioterapia.

—Halley —dijo su mamá, pero hasta allí llegó.

—¿Mamá, no puedes cerrar la boca durante dos segundos?

Se levantó de la mesa hacia su habitación y se encerró de un portazo. Flip le rasqueteó la puerta y ella lo dejó entrar.

Era extraño verla de esa manera. Me hacía sospechar que estaba realmente preocupada, lo que me ponía realmente preocupado.

—¿Puedo acompañarla a quimioterapia? —pregunté.

—No, la puedes ayudar yendo al colegio y aprobando tu examen de ciencias sociales —me respondió la señora Lorentz.

Regresé del colegio poco antes de que Halley volviera de su sesión de quimio. Una vez más se dirigió directamente hacia el baño y vomitó. Una vez más le acaricié la espalda mientras vomitaba. No salió nada, solo arcadas secas.

—¿Puedes darme vuelta la gorra? —dijo. Le gustaba llevarla hacia atrás.

Flip se dejó caer entre ella y el inodoro y suspiró.

—Esto es la amistad verdadera.

—Es un perro increíble.

—Ben, ¿cómo no puedes darte cuenta de que hablo de ti? Idiota. Mañana voy a Léele a Rufus. De verdad.

Volvió a tener arcadas, y luego otra vez.

La ayudé a llegar a la cama. Se desplomó. Le saqué los zapatos y le puse todas las frazadas que encontré a mano. Dejé a Flip junto a ella y no la volví a ver hasta antes de irme a la cama. Tenía que sacar a pasear a Flip. Entreabrí la puerta para dejarlo salir, y me fijé si ella estaba bien. Su madre le estaba leyendo, pero Halley dormía. La señora Lorentz salió con Flip y nos acompañó en el paseo.

—Me llamó tu tía Jeanie —me dijo—. Pensaba que la estabas evitando, hasta que le conté sobre Halley. Ben, ¿la estuviste rehuyendo?

—No. Tal vez.

—Quiero que vayas a cenar con ella. La invitaría aquí, pero con Halley tan enferma, bueno, ya sabes. Cuando Halley mejore haremos una fiesta. Quiero que esté Jeanie, ¿okey?

—Okey.

—Mientras tanto, ¿puedes llamarla? Por favor, por mí, ¿está bien?

El miércoles por la mañana Halley estaba despierta y vestida incluso antes que yo. Le estaba preparando el desayuno a Flip.

—Lo voy a sacar a pasear.

Su madre frunció el ceño. Apoyó la mano en la frente de Halley.

—Siéntate.

—Mamá…

—Halley Lorentz, siéntate. Si tu temperatura es adecuada lo podrás pasear a Flip.

Buscó en la caja donde guardaba todas las cosas médicas de Halley: el medidor de presión, el estetoscopio, unas pastillas contra las náuseas, otras pastillas contra el dolor de cabeza, un par de termómetros. Le puso uno debajo de la lengua.

—Este no es el que va en el trasero, ¿verdad? —preguntó Halley.

—Por supuesto que no. Dios.

—No está segura —me dijo Halley.

Esperamos a que el medidor del termómetro dejara de crecer. Flip empujó la pierna de Halley con el hocico para que lo mirara: se paraba en sus patas traseras y caminaba para atrás como Michael Jackson. Incluso con el ánimo tan bajo la hizo reír. Se sacó el termómetro.

—¿Ves? Perfecto.

Tomó la correa de Flip y se fueron corriendo.

La señora Lorentz revisó el termómetro y frunció el ceño.

—Ben, ve con ella. Asegúrate de que no se desmaye en el medio de la maldita costanera —dijo, bueno, no dijo lo de "maldita".

Para cuando llegué al ascensor ella ya no estaba. Bajé por las escaleras hasta el vestíbulo. Halley ni siquiera había llegado a la puerta principal. Se habían sentado en el banco frente a los buzones. Me senté junto a ella: estaba temblando.

—No le digas a mi madre —dijo.

—No lo haré.

—No estoy asustada.

—Lo sé.

—Es solo el medicamento funcionado. Es fuerte, obvio que me va a tirar abajo.

—Lo sé.

—Sí —dijo, y tomó aliento—. Flip me despierta con un beso por las mañanas.

—Lo sé.

—Ajá. Es demasiado silencioso, pero igual te lo diré.

—¿Qué cosa?

—Se llama rabdomiosarcoma. Ahí tienes, lo dije. Incluso el nombre da ganas de vomitar, ¿no? Suena perverso, salvo que no lo es. Tampoco estoy diciendo que sea bueno. Es como cualquier otro ser vivo, tratando de sobrevivir. Es simplemente lo que es, un tumor que te carcome las tripas y lo que queda de ti como si fuera un plato de fideos reventado. O al menos eso es lo que me iba a hacer el que me sacaron el invierno pasado. Nadie me lo contó, pero lo leí en internet, en uno de esos sitios de chat. Un chico apenas más grande que yo me dijo que eso es lo que pasaría con su tumor. ¿Quieres saber cómo se siente? La mayor parte de las veces no siento nada. Hasta que lo siento. Un calor que es casi una quemadura, que luego desaparece. Y a veces es algo *completamente* diferente.

Como ayer a la noche, que se me abalanzó por sorpresa. ¿Alguna vez te has mordido la lengua? Era algo así, salvo que en todo el cuerpo. Ahora lamento haberte contado esto. Le da poder. Necesito mantenerme concentrado en las cosas doradas. Bueno, vamos.

—Halley.

—Vayamos arriba, quiero decir. Volvamos. Tengo que volver a la cama. Me estoy congelando. Lo siento, Flip.

En el ascensor la sostuve para que no se cayera.

—Ben, no tienes que decir nada. No hay nada que decir. Solo sostén mi mano. Gracias. Está casi tibia. Se siente realmente bien.

51

LA MAGIA DE FLIP

Halley tampoco pudo ir a ese Léele a Rufus. Cuando terminamos junté a todo el mundo, los niños, los padres y los maestros, y caminamos hacia la playa. Era un día hermoso. Le hicimos un video con deseos para que se mejore, con lo que pensábamos que podría hacerla reír. Los chicos hicieron muecas, voltearon los párpados, bolas de moco falso hecho con papel ensalivado. Una de las maestras con pasado de gimnasta estiró las piernas y se rompió los pantalones. Dos chicos simularon un ser de cuatro brazos. Uno de los padres levantó a su hija de cuatro años y la hizo girar en el aire, y cuando la apoyó de vuelta en el suelo estaba tan mareada que se reía y tambaleaba como si estuviera borracha. Flip pensó que quería bailar con él, así que hizo su paso de *moonwalk*.

Todos le dejaron mensajes, como "Mejórate" o "Te extrañamos". El video de Brian decía: "Ben dijo que prometiste verme leer de nuevo. Si vuelves te daré un abrazo enorme y te dejaré darme un beso en la mejilla, pese a que ya tengo novia".

Regresé a la biblioteca para subir los videos y editarlos. Cuando llegué a lo de los Lorentz, Halley seguía en la cama pero estaba despierta y sentada. Estaba haciendo un dibujo de la Torre Dorada de Luz a punto de aterrizar sobre el rascacielos más alto de Mundum Nostrum.

—Ey —dije.

—Ey.

—Salió increíble lo de hoy.

—No lo dudo.

—Todo el mundo te extraña —dije, y le pasé mi teléfono—. Te hicimos un video.

Ella me pasó su iPad. Más gráficos, más números.

—Significa que no está funcionando, la quimio. Para nada —dijo, dándome la espalda—. Debo irme a dormir.

Apoyé la mano en su hombro, pero se zafó. Lloraba con tanta fuerza que pensé que moriría asfixiada. Flip se introdujo entre sus brazos y le empujó el mentón hasta que ella empezó a calmarse. Le susurró algo y luego se secó los ojos y se quedó callada, lo abrazó y él se le acurrucó. Así los dejé cuando salí de la habitación.

La señora Lorentz estaba al teléfono, caminando de una punta a otra de la cocina.

—¿Pero qué pasa con ese fármaco experimental? Dijiste que era prometedor. Entonces todavía hay esperanza.

Mercurius estaba en el comedor, trabajando en la maqueta del Luna Park de 1905. Me senté junto a él.

—Me vendría bien un poco de ayuda —dijo—. ¿Tienes tiempo para darme una mano?

—Claro —respondí, y nos pusimos a trabajar juntos en la maqueta. Pinté los edificios más pequeños con lunares dorados y les puse las banderas. Mercurius se encargó de colgar una luna creciente.

La mañana siguiente entregué los cupones yo solo. Ahora Flip pasaba todo el día con Halley, lo que me ponía contento. Cuando estaban juntos ella se calmaba y sonreía más.

Hacía frío y corrí todo el recorrido; para antes del amanecer había terminado. Cuando regresé al apartamento Halley y Flip estaban desayunando. Flip insistía en bajarle las medias. Ella estaba viendo el video que le habíamos hecho. Todavía se veía muy enferma, pero sonreía.

—No me perderé la próxima.

—Lo sé —dije.

—Mientras tanto, necesito que mañana a la noche ayudes a papá. Tiene ese importante bar mitzvá en el Museo de Historia Natural. Se suponía que yo lo iba a asistir. Yo quería intentar pero mamá quiere que descanse antes de empezar la nueva clase de quimioterapia. Papá prefiere que no te lo pida, que será capaz de manejarlo solo, porque sabe que todo el asunto mágico te asusta. Pero le dije que ya eres grande y estás listo para encarar tus miedos y que te encantaría ayudarlo. Va a presentar un nuevo truco. Lo está desarrollando desde hace un año. Será espectacular cuando lo haga. Así que felicitaciones, acabas de ser ascendido a asistente de mago.

Chasqueó los dedos, y el sol emergió del horizonte y nos envolvió con su luz dorada.

—¿Cómo hiciste eso?

Dio vuelta su iPad. Estaba en la página del clima. El amanecer estaba previsto para las 6:55 AM. El reloj indicaba las 6:55 AM.

—De hecho creo que hoy seré capaz de comer medio waffle.

—Genial —dije, y preparé unos waffles para ambos.

Esa tarde la tía Jeanie me pasó a buscar y fuimos a cenar juntos.

—No quiero que sientas que estás obligado a hacer esto —dije—. Ya sabes, vernos porque es lo que piensas que mamá hubiera querido.

—Pero yo quiero hacerlo. ¿Tú?

Asentí y me obligué a sonreír.

Me palmeó la mano y luego apartó la suya.

—Sí. Leo quería que te diga que, bueno, que lo lamenta. De verdad lo hace. De verdad lo siente.

Asentí.

—¿Cómo le está yendo?

—Oh Ben, eres tan dulce. Estoy conmovida, de verdad. Va a estar bien. Le voy a decir que preguntaste por él.

Se mordió los labios y luego siguió:

—¿Te molesta si te pregunto cómo está Halley?

—No, para nada. Le está yendo muy bien. De verdad. Le están por empezar a dar un nuevo medicamento que va a funcionar.

—Estoy segura que sí.

—De verdad.

—Sí, lo sé.

52

EL POLVO DE ESTRELLAS DE HALLEY Y LA NIEVE ARCOÍRIS

El viernes por la tarde Mercurius y yo finalizamos nuestro último ensayo en su taller ubicado en el sótano de la iglesia.

—¿Listo?

—Un poco nervioso, pero creo que sí.

—Un poco nervioso está bien. Solo necesitamos arreglar un último detalle —dijo, y me dio una sudadera púrpura resplandeciente.

Llegamos para cuando cerraba el museo; la fiesta empezaba justo después. Los invitados estaban acomodados en la sala de la vida marina. La noche anterior habíamos armado todo, y ahora lo único que teníamos que hacer era esperar a que terminara la cena, cuando Mercurius haría su nuevo y mayor truco.

El chico que festejaba el bar mitzvá se acercó y se presentó y nos dio las mismas bolsas de obsequio que a sus amigos. Tenía todo lo que amaba: historietas clásicas, un reloj cronógrafo con linterna, y como cinco kilos de golosinas. Me llevó al buffet para asegurarse de que comiera.

—Estaba muy nervioso por conocer a tu papá.

No me molesté en decirle que Mercurius no era mi papá. Era, bueno, Mercurius.

—¿Por qué?

—Ben, es recontra famoso. ¿Tú también vas a ser mago, verdad? Puedes ir a fiestas todas las noches.

De verdad que era una fiesta increíble. Poder correr por el Museo de Historia Natural con mini pizzas mientras les disparas con pistolas láser a tus amigos. Hasta que llegó la hora del espectáculo.

Bajaron las luces y yo me dirigí a la cabina de proyección de video. Mercurius caminó hacia el centro de la sala y todo el mundo hizo silencio.

—Jon, ¿podrías acercarte, por favor? Me gustaría presentarte a tu ángel guardián.

—No sabía que tenía uno —dijo el chico del bar mitzvá.

—Todos lo tenemos. Al comenzar tu viaje hacia la próxima fase mágica de tu vida, debes saber que siempre tienes a alguien velando por ti.

Mercurius dio un golpecito en el hombro de Jon y apareció una versión en miniatura de Halley, como se veía hacía un año, la primera vez que la vi, en la biblioteca, mientras ayudaba detrás del mostrador y puso los ojos en blanco cuando retiré *Yo, robot*. Aquí, en cambio, en el museo, su cabello castaño estaba atado hacia atrás en un rodete trenzado, entrecruzados con cordones plateados. Vestía una túnica con los colores del arcoíris y alas angelicales.

Mercurius hizo que Jon extendiera la mano, y Halley flotó hasta su palma. Ella levantó su propia palma y sopló polvo de estrellas hacia la cara de Jon. Luego desapareció y reapareció en tamaño natural sobre la ballena azul de treinta metros de largo que colgaba del techo. Halley se arrodilló en la cola de la ballena y volvió a soplar el polvo de estrellas. Cayó del cielorraso hacia los invitados. Era una nieve plateada y rosada y dorada y esmeralda, y recordé aquella vez que mamá quiso ir a la playa durante una tormenta de nieve. Nos abrigamos y bebimos chocolate caliente de un termo, y entonces ocurrió la cosa más rara. Todavía nevaba, pero salió el sol, solo por un instante, solo lo suficiente como para hacer que los copos de nieve se tiñeran con todos los colores del arcoíris.

Alguien me llamó desde lejos, como si la voz atravesara la estática, que es lo que realmente ocurría. Era Mercurius.

—*Ben, ¿puedes oírme?*

Me hablaba por el canal privado de nuestros walkie-talkies.

—Afirmativo, Mercurius.

—*Solo quería que sepas que estoy convencido de que tu mamá está mirando y está orgullosa de ti. Todos lo estamos. Gracias, hijo. Realmente te necesitaba aquí conmigo.*

Entonces lo vi a través del polvo de estrellas, mirando al fantasma de Halley, las lágrimas cayendo en zigzag por sus mejillas. Traté de no asustarme demasiado. Quiero decir, si Mercurius estaba preocupado, entonces significaba que ahora sí había razones para preocuparse.

Estábamos terminando de cargar los proyectores en la 4x4 de Mercurius.

—Extiende tu mano —dijo. Me puso quinientos dólares.

—Es una locura —dije.

—Es tu parte.

—Pero lo único que hice fue usar el iPad.

Era como un videojuego. Movía la imagen de Halley de aquí para allá y me aseguraba que los videoproyectores funcionaran cuando tenían que funcionar.

—Me divertí demasiado para hacer tanta plata —seguí.

—Ben, así se supone que sea.

—Dos preguntas. Primero: ¿puedes depositar esto en mi fondo para la universidad?

—Me gusta cómo piensas. ¿Qué más?

—¿Cuándo podemos hacer el próximo evento?

Flip nos esperaba en la puerta. La señora Lorentz no estaba lejos. Había estado llorando pero ahora sonreía.

—¿Qué tal les fue?

—Increíble —dije—. ¿Cómo está Halley?

—Increíble. De verdad. Halley es absolutamente maravillosa.

Eso último se lo dijo a Mercurius, que frunció el ceño.

—Ve y dile hola, Ben —me dijo la señora Lorentz—. Está esperándote. Querrá que le cuentes todo.

Flip me guió hasta la habitación de Halley, se subió a la cama y bostezó.

—¿Qué tal estuve? —preguntó ella—. ¿Todos los chicos dijeron que estaba buena, no? Déjame ver la bolsa de obsequios.

Tiró las historietas y se puso el reloj con linterna.

—Mientras me hacías volar sobre el Museo de Historia Natural, yo resolví el próximo capítulo de *La caja mágica*.

—A ver.

—Mientras la Torre Dorada de Luz se posa sobre Mundum Nostrum, una serie de asteroides en miniatura aparece de la nada.

—Siempre lo hacen. Mejor activar los escudos láser.

—Desafortunadamente los escudos láser no serán suficiente esta vez. Estos asteroides son diminutos pero insidiosamente letales. Se mueven demasiado rápido y se meten sin ser detectados en la órbita de la nave. Imagina una bolsa de arvejas congeladas viajando a velocidad supersónica. Atraviesan los escudos láser y explotan contra la Torre Dorada de Luz. La parte trasera de la nave ya no existe, completamente deshecha. En la parte delantera de la nave, en cambio, Rayburn reposa sano y salvo en la cápsula para dormir. Flip está sano y salvo en la mochila de nuestro héroe Bruce. Bruce está asegurado a la nave por un cable de luz dorado. Helena, por el otro lado, estaba flotando en gravedad cero cuando golpearon los asteroides. Está siendo arrastrada al exterior de la nave, hacia el vacío espacial. Lo mismo la caja mágica. Helena la atrapa y la engancha en una grieta del fuselaje justo antes de salir expulsada hacia la perfecta infinidad de estrellas.

—Bruce sale junto a ella...

—No, Bruce se queda en la nave.

—Absolutamente *no*. Inaceptable. Bruce la sigue a Helena...

—Bruce tiene que llevarle la caja mágica a Tess. Tiene que entregar el Tesoro Más Grande y salvar a la gente de Mundum Nostrum. Tiene que seguir siguiendo.

—¿Pero y qué si no quiere, no sin Helena?

—Se obliga a admitir lo fuerte que es, lo maravilloso que es. Es un viajero, como Tess siempre le dijo. Para eso es que nació. De todas maneras Halley siempre estará con Ben y Flip. Helena, quiero decir. Helena siempre estará con ellos.

—¿Cómo? Tan solo explícame cómo diablos, si ellos están atrapados en Mundum Nostrum mientras que Halley... simplemente... *no*.

Me sostuvo la mano.

—Ya no puedo más, Ben. No puedo seguir así de enferma. Mamá y yo estuvimos toda la noche hablando por teléfono con los doctores. Esta nueva droga en la que estaban pensando es completamente experimental. Hay una chance del veinte por ciento de que me de otros tres meses. Hay una chance del cincuenta por ciento de que me mate en tres días. Hay una chance del cien por ciento de que me haga sentir más enferma de lo que alguna vez me haya sentido.

—¿Y qué otras cosas quedan? ¿Cirugía?

—No es una opción. Ben, lo han encontrado en mis vasos sanguíneos. Es solo una cuestión de tiempo hasta que se extienda por todas partes.

—No sé qué decir.

—La verdad es que yo tampoco.

Me apartó el cabello de los ojos.

—Es lo más extraño. Quiero decir, ya sabía el invierno pasado, cuando me sacaron el tumor, de que tenía la peor clase de cáncer. Pero realmente pensaba que lo iba a superar. La esperanza de vivir más de cinco años en menores de catorce es del treinta por ciento. Casi uno de tres. Pensaba que iba a ser ese uno. Estaba tan segura que hasta me sentía mal por eso. Por ser el que se salva cuando los otros dos se mueren. ¿Alguna vez pensaste en eso? ¿Por qué alguien tiene que morir? ¿Por qué todos tenemos que morir? Simplemente suena tan absurdo.

Flip le dio un empujón para que lo acaricie, y lo hizo.

—El doctor dijo que como ya no haré quimioterapia, por el momento me voy a sentir un poquito mejor. No me estoy rindiendo, Ben Coffin, y tú tampoco puedes rendirte. No sé cuánto días me quedan, cincuenta, treinta o setenta, pero vamos a pelear para ser felices cada minuto que nos quede juntos. Lo felices que seamos ahora, lo felices que seremos cuando me recuerdes. Necesito que me cubras en esta.

—Está bien —dije—. Está bien, lo haré.

—¿Lo prometes?

—Lo juro.

Anudamos nuestros meñiques.

—Bien —dijo.

Al comienzo pensé que era raro, que estuviera tan calmada luego de descubrir que iba a morirse más temprano que tarde. Pero luego entendí que no era calma. Simplemente estaba cansada. Sus párpados estaban oscuros y pesados. Se veía apaleada.

—Tienes cara de querer preguntarme algo —dijo.

Quería preguntarle un montón de cosas. Como con quién podía enojarme. De verdad, ¿el cáncer no podía tener un inventor, algún villano psicótico como Darth Sidious, alguien que pudiera rastrear y moler a golpes antes de apuñalarlo en el corazón con mi espada láser, a pesar de que es imposible hacer eso cuando el traidor no tiene corazón? Mi mayor pregunta era: ¿por qué no podía ser yo en vez de ella?

—La caja mágica —dije—. De una vez por todas, ¿qué es lo que tiene adentro?

Me alborotó un poco el cabello e inmediatamente lo arregló.

—Te prometo que no te voy a dejar colgado. Lo sabrás dentro de poco.

53

LA SEÑORA SALVADOR
Y LAS PLUMAS DE PAVO REAL

Finalmente Halley nunca dejó de estar cansada después de la quimioterapia. Dormía un montón, pero al menos ya no tenía náuseas, y decía que no tenía dolores… la mayor parte del tiempo. Para mediados de octubre, sin embargo, le dieron pastillas para que sintiera menos dolor. La señora Lorentz nos obligó a mí y a Mercurius a mantener nuestras actividades habituales, y en mi caso eso significaba escuela, tarea, mi entrega de cupones, Léele a Rufus, y estar en contacto con la tía Jeanie, que, para ser honesto, era lo más difícil. O lo segundo más difícil.

La señora Lorentz pidió licencia en la biblioteca para cuidar a Halley. Una enfermera venía unas horas por día para ayudarla. La señora Salvador era súper agradable, y le encantaba leerle a Halley. Estudiaba literatura en el City College de Nueva York; por eso la agencia nos la había recomendado. Halley amaba la forma en que le leía *Plumas*. Actuaba las partes y hacía voces y ese tipo de cosas.

Mientras Halley dormía, la señora Salvador y yo hablábamos.

—¿Cómo puedes soportarlo? —pregunté—. ¿Tener que decir adiós a cada paciente, y luego tener que empezar de nuevo?

—Es un regalo cada vez que conozco a alguien nuevo —dijo. Flip tomó un descanso de su guardia y se acercó a nosotros, hacia el regazo de la señora Salvador. Se puso panza arriba para que lo rasque y movió el rabo y gimió hasta que consiguió lo que quería—. De todas formas, nunca dicen adiós. ¿Verdad, Flip?

La tercera semana de octubre Mercurius y yo estábamos haciendo una larga fila en Costco con un carrito lleno de cosas para Halley, como ginger ale y plantas luminosas para su ventana. Le gustaba sentarse con su cuaderno y dibujar la playa y el Luna Park. También teníamos otras cosas en el carrito, como toallitas de papel y toallitas sanitarias y sí, también pañales. Un viejo en la fila de al lado llevaba los mismos, y nos miraba como si no pudiera creer que todo esto estuviera pasando.

—¿Cómo fue que se conocieron? —le pregunté a Mercurius.

—¿Penny y yo? Estábamos en el mismo curso de bibliotecología.

—¿Qué te hizo cambiarte a la magia?

—Supongo que nunca lo pensé como un cambio. ¿Alguna vez pensaste en dedicarte a eso? ¿Bibliotecología? Creo que serías genial en eso. Eres analítico y tienes un gran corazón.

Hablar sobre lo que yo quería hacer cuando fuera grande se sentía raro cuando mi mejor amiga nunca podría crecer.

—Me gustaría ser como tú —dije.

—¿Mago de fiestas?

—Un gran tipo.

—Ben, tú sí que eres algo —dijo, exactamente las mismas palabras que solía decir mi mamá, salvo que nunca me dijo qué era ese algo.

Cuando regresamos, Halley se sentía bastante bien. Estaba sentada en la ventana con Flip y nos daba órdenes sobre dónde ubicar las flores. Movimos la maqueta del Luna Park a su habitación. No quedaba mucho para terminarla. Teníamos que poner una costanera, así la gente podía llegar a la torre dorada. Mercurius también quería colgar un par de planetas y algunas estrellas. La señora Lorentz puso plumas de pavo real en la gorra arcoíris de Halley.

Esa noche, cuando fui en busca de un vaso de leche y un sándwich de mantequilla de maní, encontré a la señora Lorentz y a Mercurius dormidos en el sillón con un álbum de fotos. Habían dejado la ventana entreabierta y podía oler el océano. Me dio la impresión de que tenían frío, así que les puse una frazada.

54

AMIGOS Y COMETAS

Los mensajes y las llamadas terminaron siendo demasiados, así que Halley organizó un día para que la visitaran. Colgó un cartel en la puerta: NO AL LLANTO. SÍ A LA RISA. Casi todo el mundo lo entendió al revés.

Sabían que le gustaban los dulces y le trajeron tortas, galletas y ositos de goma, nada que ella pudiera comer dado que prácticamente había dejado de comer. También le trajeron peluches, que Flip coleccionaba en una esquina de la habitación, como si fueran su harén. Chucky le trajo flores.

—¿Piensas que son lo suficientemente buenas? Son solo de la tienda. Quería comprar doce pero estaba hambriento y si no me compraba una albóndiga con parmesano me iba a morir de inanición. Solo me quedó dinero para seis.

—¿Qué clase de flores son?

—Azucenas. O azaleas, yo que sé. ¿Tengo cara de horticultor?

—Tienes cara de estar por llorar. Chucky, más vale que no lo hagas.

—No lo haré, Coffin. Cálmate.

Lo hice entrar.

—Olvidaste tu protector de bolsillo —le dijo Halley.

—Trato de no llevarlo en eventos no escolares, salvo en circunstancias extraordinarias.

—¿Por ejemplo?

—Por ejemplo si estoy en algún lugar que requiere múltiples bolígrafos. A veces voy a firmas de autores, y el superhéroe o quien sea te roba tu Bic. Eres la primera chica que no me llamó nerd.

Se largó a llorar y le entregó las flores.

—Amapolas —dijo Halley. Ella también se largó a llorar—. Chucky, ¿me puedes dar un momento con Ben?

—Haz que se vayan —me dijo—. Perdón, pero no puedo soportarlo. Haré mis despedidas por Facebook. De ahora en adelante quiero estar solo contigo y con Flip, con mamá y Mercurius. Y los chicos de Léele a Rufus. De ellos me despediré en persona, aunque sea la última cosa que haga.

—¿Cuál es la diferencia, mamá? Quiero decir, ¿de verdad nos vamos a preocupar por mi resfrío a esta altura?

—Intentemos una vez más —dijo la señora Salvador, e introdujo el termómetro digital en el oído de Halley.

Era una de esas perfectas tardes de octubre, el cielo azul profundo y un viento costero que agitaba el océano hasta hacerlo espuma. Los cometas estaban todos en el cielo. Halley quería salir a mirarlos.

La señora Salvador revisó el termómetro y frunció el ceño.

—No podrá ser, Halley —dijo su madre—. No quiero ser la villana.

—Entonces no lo seas.

—Si sales un día como hoy puede llegar a ser tu último día.

—¿Y qué? ¿Por qué tienes que ser tan obsesiva con cada cosita?

—¿Sabes qué? Estoy cansada de tu maltrato. Ve a tu habitación hasta que recuerdes cómo hablarme.

—Me parece bien.

Halley cerró la puerta tan fuerte como pudo, pero todavía podíamos escuchar cómo lloraba mientras gritaba "¡Te odio!". Luego la señora Lorentz se largó a llorar.

—Okey. Okey. Respiren todos, por favor —dijo la señora Salvador.

—¿Ben? —dijo Halley desde atrás de la puerta—. ¡Ben!

Entré. Estaba en la cama, mirando la pared. Flip estaba acercándole un peluche. Se dio vuelta para que le tomara la mano.

—Prométeme que iremos afuera una última vez.

—Lo prometo.

—Supongo que tener cáncer no me hace inmune a ser una imbécil de vez en cuando. Dile a mamá que sé que me estoy comportando como una idiota.

55

GUAU

Ese tercer miércoles de octubre fue un día caluroso. La señora Lorentz quería llevarla hasta la biblioteca en coche, pero Halley prefería caminar. Mercurius se puso del lado de su hija y arregló que nos reencontraríamos más tarde. Llevé la silla de ruedas por si acaso. Logró caminar un par de cuadras hasta que necesitó sentarse. De todas maneras estaba emocionada. No podía esperar a ver a Brian. La maestra le había dicho por mail que el chico ya estaba a punto de leer al nivel apropiado para su edad.

La señora Lorentz y la señora Salvador habían envuelto a Halley en todas sus bufandas coloridas y disparatadas, y ella se las regaló a los niños. Brian le leyó a ella y a Flip, y le dio un beso y un abrazo. Los niños fueron geniales. No la pusieron triste. Sabían que se estaba muriendo, pero dijeron adiós como si la volvieran a ver en una semana, y juro que lo decían en serio, y en ese momento realmente quise ser como ellos.

Más tarde quiso andar por la costanera, únicamente Flip, ella y yo. Me insistía para que empujara la silla de ruedas más rápido.

—Empuja, Coffin, empuja. Más rápido. Sí, así sí. ¡Iuujuu!

Estábamos en su habitación, al atardecer. Habíamos trabajado en la maqueta del Luna Park de 1905, o mejor dicho yo trabajé y ella observó. Jugué con las luces que iban de la cima de la torre dorada a una de las estrellas que Mercurius había colgado del cielorraso. Flip roncaba en su falda.

—¿Listo para el último capítulo de *La caja mágica*? —me preguntó.

Había estado esperando que ella sacara el tema; más bien lo temía. No quería que la historia terminara.

—Listo.

—Tess les dice: "Has salvado a Mundum Nostrum, Ben. Tú y Flip. Han traído la magia. Aquí yace la cura para cualquier enfermedad, la solución para la tristeza de Rayburn, la paz que ayudará a la gente de Mundum Nostrum para recordar que son una sola sangre, hermanos y hermanas, amigos para siempre. Ve y mira por ti mismo el Tesoro Más Grande". Tess le da la caja. Él la abre. Observa su interior. "¿Es solo eso?", pregunta. "Eso lo es todo", dice Tess.

—¿Y? —dije.

—Y eso es todo. Fin de la historia.

—Uh, *no*. Después de haberme arrastrado a mí y a Flip todo el camino hasta Mundum Nostrum, tienes que decirme qué es lo que hay adentro de la caja.

—¿De verdad, Coffin? ¿Todavía no te has dado cuenta? A propósito, si alguna vez vas a besarme querrás hacerlo pronto. Por ejemplo, ahora sería un buen momento.

—Qué manera de distraerme de intentar hacer que me cuentes de una vez por todas lo que hay en esa estúpida caja.

Además, creí haberte escuchado decir que no había nada mejor que ser amigos.

—Olvida lo que dije.

La besé. Sentí el latido de su corazón en sus labios. Estaban agrietados, hasta que se pusieron resbaladizos. Eran exactamente como los había imaginado, iluminados con brillitos. Mientras tanto Flip roncaba junto a nosotros en su pose de ardilla dada vuelta.

—Guau —dije.

—Sí, guau. Estamos temblando como locos, ¿no?

—No puedo lograr que me dejen de castañetear los dientes.

—¿Ese fue tu primer beso? —preguntó.

—¿El tuyo también?

—El tercero. Ja. Alégrate por mí.

—¿Lo hice bien? Digo, ¿estuvo lamentable, comparado con los otros dos?

—Bésame de nuevo y te digo.

—¿Halley?

—¿Ben?

—Te recontra amo, maldita sea.

—Yo te recontra también.

Me desperté la mañana siguiente con los ladridos de Flip y Halley gritando y luego también la señora Lorentz. Apenas podía escuchar a Mercurius mientras llamaba a Emergencias, a pesar de que estaba parado al lado suyo. Halley estaba doblada como un bicho bolita.

—Está frío pero me quema —dijo—. Mi espalda, en el medio. Como si me estuvieran golpeando.

Llegaron los paramédicos y la acostaron en una camilla.

—Mi gorro —dijo—. Mi gorro arcoíris. Por favor.

Encendieron luces y sirenas de camino al hospital. La señora Lorentz viajó con ella en la ambulancia. Halley ya estaba en el quirófano para cuando Mercurius y yo llegamos al hospital. Le tuvieron que hacer una cirugía de emergencia porque sus riñones estaban bloqueados y no podía orinar. No sobrevivió a la cirugía. Una de las enfermeras dijo que era una bendición que no se hubiera prolongado durante las siguientes semanas, toda drogada y prácticamente muerta. Sí, que muriera dormida fue una bendición. Seguro que no se sintió como yo. Para nada. Era como lo de mamá otra vez. Estaba tan enojado. Nunca me contó qué había dentro de la caja mágica.

56

HASTA PRONTO

Cuando volvimos al apartamento Flip me esperaba en la puerta principal con una de las medias sucias de Halley, pensé, pero era una de las mías.

—Flip —dije, y agitó el rabo. Me agaché y se subió a mi regazo. Lo llevé a la oficina de Mercurius y nos sentamos en el sillón. Me quedé mirando el póster de Chewie, hasta que entraron la señora Lorentz y Mercurius. Se sentaron uno de cada lado, y la señora Lorentz me dio un beso en la frente.

—¿Se puede quedar Flip? —pregunté.

—¿De qué estás hablando? —me respondió.

—Todas las personas que amo desaparecen y no puedo hacer que vuelvan. Ahora voy a tener que irme.

—¿Qué?

—Les recordaré a ella. Solo los haré sentir peor.

—Ben, que nos la recuerdes es una forma de mantenerla viva —dijo la señora Lorentz—. ¿Cómo puedes decirnos esto? ¿Cómo no puedes ver que aquí es donde se supone que estés, tú y Flip? No te vamos a perder a ti también. Definitivamente no. Mi Ben. Oh Dios, por favor no te vayas. Por favor. Nos necesitamos el uno al otro. De verdad. Michael, dile. ¡Dile!

Mercurius pasó su brazo sobre mi hombro, una mezcla entre abrazo y toma de judo, como solía hacer mamá.

—Dejó algo para ti —me dijo—. Ven conmigo, hijo.

Lo seguí a la habitación de Halley, y Flip me siguió a mí. Nos paramos frente a su escritorio, frente a la maqueta del Luna Park de 1905. Habíamos estado tan cerca de finalizarlo, quedaba únicamente un último detalle. Quería ponerle algo de gente en la cima de la torre, una familia mirando la ciudad y el océano.

Mercurius abrió el cajón del escritorio y me pasó el teléfono de Halley, todavía en su estuche rosa. Me palmeó la espalda y dejó su mano allí un momento, y luego se fue. El teléfono estaba abierto en las notas de Halley. Me senté en la silla del escritorio y leí la nota escrita hacía tres días, según decía la fecha.

Querido Ben:

Por más magnífica que sea nuestra historia de *La caja mágica*, no es tan magnífica como la tuya, y esa es la que te quiero contar. Hablando de *La caja mágica* está ahí mismo, en la maqueta, en *De noche en el país de los sueños*. Mercurius lo puso por mí. Mira en la Torre Dorada de Luz. ¿Ves el cimiento, donde la torre se emplaza? Ya puedes mirar dentro, Ben. Sí, ese es el Tesoro Más Grande. No puedo creer que todavía no te hayas dado cuenta. El secreto estuvo todo este tiempo en los grandotes ojos dorados de Flip. Tu mamá lo sabía. Por eso te eligió. Cuida a mamá y a papá de mi parte, y llévale mis libros a Housing Works.

Te ama por siempre jamás,

La Chica Arcoíris

Alcé la torre dorada de la maqueta. Adentro había una caja de madera lo suficientemente grande como para guardar un libro. Abrí la caja. Adentro había un espejo. Lo miré, y solo me vi a mí mismo.

57

MAGOS Y VIAJEROS

Lo mejor de Halley Lorentz siempre será esto: cada vez que te abrazaba era como si no te hubiera visto por mucho, mucho tiempo. Nunca olvidaré la manera en que me sostenía la mano, fría y temblorosa pero lo suficientemente fuerte como para que los dedos te dolieran un poco al día siguiente. La profesora de Frannie en *Plumas* tenía razón después de todo. Alguna cosas no desaparecen.

Es un año más tarde y voy a un colegio diferente, uno para nerds que estudian ciencias. Es realmente competitivo y yo no lo soy, pero aparte de eso es genial. Nunca me quedo dormido en clase y nadie me pega en la nuca. Las únicas peleas en las que me meto son si el roentgenio puede aparecer naturalmente en ambientes donde la gravedad es ciento once por ciento más fuerte que en la Tierra. Si mantengo el rumbo tendré posibilidades de entrar en la universidad a un buen programa de ingeniería. Incluso podría efectivamente convertirme en probador de toboganes de agua. Sobre todo, me gusta trabajar con Mercurius. Quizás de día diseñe cohetes y toboganes de agua y de noche haga magia.

Con la tía Jeanie nos juntamos un par de veces por mes. Siempre me está haciendo regalos, como ropa realmente buena de Macy's, y algunas incluso me gustan. Sudaderas y vaqueros y cosas así. Le dije que me hacía sentir culpable, haciéndole gastar tanto dinero, pero contesta que no me tengo que preocupar porque consigue descuentos gigantescos. Nunca menciona a Leo a menos que le pregunte, algo que hago de vez en cuando. No bebe y está bajando de peso, según me dijo. Nunca me pregunta si quiero verlo porque sabe que no quiero. Igual, quiero que esté bien. De verdad quiero eso.

Uno de los suéteres que me compró mi tía es muy elegante. Me lo pongo cuando Flip y yo hacemos un Léele a Rufus. Ahora Brian está leyendo por encima de su nivel, y no tiene miedo de que lo atrapen leyendo un libro.

Posteé *La caja mágica* en algunos sitios de relatos. En resumen: tiene un poco más de ciento once reseñas hasta ahora. Algunas chicas y un chico incluso escribieron secuelas y otros amenazaban con hacerlo. Eso es todo lo que Halley quería. Compartir esa historia con otras personas. También posteé sus bocetos, junto con la historia. Escuché los archivos de audio, las notas que Halley había grabado en el teléfono. Amaba el sonido de su voz. Todavía la amo, alta y rasposa y siempre honesta.

Es sábado, y Flip y yo nos encontramos con Chucky en las canchas de básquetbol. Por supuesto que ambos saltamos al aro y somos echados de la cancha por otros tipos más altos que nosotros, lo cual está bien porque mi asma se está despertando y Chucky tiene menos aliento que yo después de comerse tantas donas.

—¿Quieres venir al cumpleaños de mi hermana?

—No puedo, tengo que ayudar a Mercurius. ¿Qué hermana y cuántos años, digo?

—Coffin, ¿de verdad preguntas? Con suerte llego a recordar sus nombres.

Mercurius y yo nos dirigimos al hospital. Estamos en el ala de pediatría, donde los chicos están todos amontonados en una habitación y gritan "guau" y "¿vieron eso?". La Halley angelical flota alrededor del cuarto y les da un beso en la mejilla. Luego Mercurius me llama desde atrás de los controles para el cierre del espectáculo. Es un viejo truco, pero los chicos enloquecen. Me quito mi sombrero mágico plateado, lo apoyo sobre la mesa y le doy un toque con mi sable de luz. Flip sale del sombrero con orejas de conejo y surfea y choca puños con todos ellos. Los chicos se destornillan de la risa y en una esquina mamá Lorentz está llorando pero sobre todo se ríe.

Después del show está demasiado agradable como para quedarse adentro. Flip y yo damos una vuelta. Paramos en el supermercado donde la mujer me dio las muestras de queso que nos juntaron la primera vez, y de hecho compro algunas, y nos vamos a la playa para jugar a perseguirnos.

Al anochecer caminamos por la costanera hacia el Luna Park. Las luces se están encendiendo, millones de luces. Caigo profundamente al interior de mi sueño, hacia el pasado, en 1905. En algún lugar del tiempo aún existe, y un aprendiz de electricista y un mago vigilan a una joven columpiarse en el trapecio hacia el cielo nocturno, y rezan para que se encuentre bien. En el centro está la torre de luz. Flip y yo corremos por la escalera en caracol hasta la cima, y me quedo sin aliento. Ella está allí. De verdad está. Mamá. Laura está con ella. Jeanie y sí, también Leo, y está bien, no me importa. También está la mujer que se arrepintió de vender a Flip por cuarenta dólares, la que entrenó a Flip para ser magnífico. La conductora de autobús que me alimentó. Jerry el enfermero de quimioterapia, Franco, la señora Salvador, Kayla, el mago Papá Noel, incluso Rayburn. Y está Halley. Sobre todo está Halley.

Flip salta a su encuentro y le mete la lengua apestosa en la boca. Ella me aprieta la mano y miramos el océano, y qué vista es esa. Ya no es solo el pasado lo que veo. También es el futuro y el ahora y es todo y todos los que alguna vez conocí y algún día conoceré. Miro y veo el para siempre. Sí, Halley está conmigo. Lo único que tengo que hacer es cerrar los ojos y pensar en ella.

AGRADECIMIENTOS

Gracias a Jodi Reamer, quien no es solo la persona más amable que conozco en el mundo editorial sino también la persona más amable que conozco. Sin embargo, NO entren en una pelea con ella. Les recontra pateará el trasero. De verdad, es alocadamente fuerte y también alocada a secas. Lo mismo para Alec Shane, quien, además de ser un gran agente, es también un gran tipo. David Levithan, por ponerme en contacto con The Blackbelt.

Mi equipo de Behind The Book por ponerme en contacto con la increíble Patty McCormick. El fenomenal Andy Griffiths, por darle el libro al fenomenal Markus Zusak. La amorosa Steph Stepan, por darle el libro a la amorosa Rebecca Stead. El increíblemente amable Rick Margolis, por darle el libro al Rey, también conocido como Gary Schmidt. La maravillosa Jacqueline Woodson, por permitirme citar *Plumas* y, por contactar a Jackie, la divina Nancy Paulsen, quien también resulta tener una voz divina. David Baldacci y Kristen por el tweet tan agradable y por tantas horas de leer felicidad; lo mismo para Timothy Zahn. (Harper Lee y *Matar a un* maldito *ruiseñor* son muy geniales también.)

Mary Kate McDevitt y Dani Calotta por la cubierta ridículamente preciosa; Jasmin Rubero y Regina Castillo por hacer el interior igual de precioso.

Namrata Tripathi, por sus notas perfectas, su generosidad con respecto a la cubierta y por encontrar el título más hermoso en conjunto con Ellen Cormier, que igualmente me hizo notas perfectas, me hizo enloquecer (de risa), estuvo a la altura de mis bromas ridículas y generalmente me sostuvo la mano mientras este libro estaba en producción. Puffin Julia me dio notas tremendas también, al igual que mi compañera Heather Alexander.

Lauri Hornik, por esa ronda final de notas y los mejores abrazos, por los hilarantes e-mails de madrugada, por llevarme a lugares sabrosos para comer y por ser tan completa y recontra maravillosa conmigo todos estos años.

Sheila Hennessey: ni sé por dónde empezar. ¿Vieron cómo Ben recoge al pequeño Flip de la calle? Eso es lo que Sheila hizo conmigo. Abrazos a Shark. Saludos a Steve Kent, Doni Kay, JD, Colleen, Ev y también a Nicole. Eileen y Dana, Kendra, Stacey B y Kathy D, Mary Raymond, Helen, Kim y Draga, Michael, Penny, Steph, Alaina y mis mirones de Text. Jen Loja estuvo asombrosa con la ayuda con la cubierta y el título. Erin, Emily, Alexis, Don, Felicia, Carmela, Venessa, Melinda, Courtney, Anna, Jackie, Jennifer y Marisa. Steve Meltzer, ¿te mudaste? ¿Cómo puede ser que no te volví a ver en lo de Frank? Jess, Marie, Emily, Scottie, Donne, Sara, Alex, los extraño.

Por las divertidísimas y maratónicas llamadas telefónicas, Shawn Goodman (gran tipo), Gayle Forman (escandalosamente magnífico), Nan Mercado (ángel guardián de los escritores punk, al menos de este) y mi amigo Barry Lyga, quien también me vendió su teléfono por la mitad de precio que hubiera conseguido en Swappa. Morgan Baden, por mantener sujetado a Barry, aunque con efecto limitado. Michael Northrop, Coe Booth (Coe, ¿puedo preguntar en qué estas trabajando ahora?), Gordon Korman y el resto de los juerguistas TARN. Jess, Karlan, Claudio y LIT. Greg Neri, Melissa Walker, Matt de la Peña, Libba Bray, Paul Volponi, Ted Goeglein, Torret "Brando" Maldonado, Allen Zadoff, y especialmente Elizabeth Hill y Scott Smith, un amigo maravilloso.

Papá, por estar siempre leyendo; mamá, por estar siempre comprando. General Kathleen Whelan por ordenar a las tropas. Baba por todas esas horas en el *hotokesama*, Kari por todas esas horas haciéndonos reír.

Mis perros, Ray (Liotta), Al (Pacino), Bobby (de Niro), Marty (Scorsese), Nice Guy Eddie (de *Perros de la calle*, y también el modelo para Flip. ¿Lo vieron en la foto con la mano de Halley y el cuadrado mágico?), y mi adorable, delicada y pequeña chacal MiMi (de *La Bohème*. Necesitábamos una dama para darle clase al lugar).

Mis amigos que me invitaron a sus librerías, bibliotecas, centro de detención, escuelas y conferencias locas, sobre todo a esa pandilla bibliotecaria de Texas y a mis mirones FAME de Florida. Al equipo LJG: los amo a todos.

Mis amigos que me visitan cada vez que cierro los ojos y pienso en ellos.

Mi editora, Kate Harrison. Kate, tus notas y cartas brillantes y generosas, nuestras llamadas y almuerzos y sesiones de brainstorming: cada minuto contigo es el tesoro más grande. Nuestras colaboraciones son tan graciosas que me siento culpable de que me paguen por ellas. (Por favor no le digas a Lauri que dije eso.) Gracias por mantenerme cerca de ti todos estos años. Significan todo para mí: tu guía, tus enseñanzas, tu amistad.

DOS NOTAS: La biblioteca de Coney Island es un poco diferente de cómo la describí aquí, pero desde luego es un mundo de ensueño. Deberían ir.

Por desgracia, el Vuelo sobre la Costanera cerró en 2014, pero vive en mi corazón y también puede vivir en los suyos. Todo lo que tienen que hacer es cerrar los ojos y pensar en ello, ¿verdad? (O, si son tan perezosos como yo, y lo soy, pueden buscar las imágenes en Google).

ÍNDICE

1. ChunkyMold 9
2. Heredero del Imperio 13
3. El demonio, el perro y la diva 18
4. El acechador 21
5. Mamá 23
6. El microchip 28
7. La horda de Moho 33
8. El ladrón de ropa interior 36
9. El regreso de la Chica Arcoíris 39
10. Destinado a la Grandiosidad 50
11. Escribo, luego existo 53
12. El viajero llegado del pasado 60
13. La inesperada solución al problema de Florida ... 64
14. Medias que pican 68
15. Prohibido fumar en lo de la directora Pinto 74
16. La explosión arcoíris 77
17. El laboratorio de Mercurius Raines 81
18. La Caja Mágica 85

19 Alarmas contra incendios y escaleras de emergencia 90

20 La casa junto al cementerio 95

21 Guardería canina 101

22 El mago que cabalgaba la luna 105

23 Leo significa león 110

24 El examen 113

25 La plataforma de lanzamiento 119

26 El rap de Halley 123

27 En la primera fila del ring 125

28 Rocas y libros 129

29 Léele a Rufus 134

30 El siguiente capítulo de la Caja Mágica 139

31 Ginger 142

32 ¿Qué tal estuvo México? 146

33 La mágica gira de librerías por Manhattan 149

34 La cosa más estúpida que alguna vez hice 156

35 El ángel de mármol falso 162

36 El motel móvil 166

37 Los ojos de Flip y el último adiós 170

38 El peor momento para caer engripado 172

39 Cupones, películas y promesas 177

40 El viajero Brian y el túnel de luz 179

41 El hombre que viene a buscarte 186

42	Encuentro a medianoche	188
43	Jeanie	190
44	Chewie	196
45	La Chica Arcoíris y el trapecio volador	198
46	No estés asustado	202
47	Sirio	205
48	Siempre quise ser un vampiro	208
49	¿Dónde está Halley?	212
50	Es como cuando te muerdes la lengua	216
51	La magia de Flip	221
52	El polvo de estrellas de Halley y la nieve arcoíris	225
53	La señora Salvador y las plumas de pavo real	232
54	Amigos y cometas	235
55	Guau	238
56	Hasta pronto	242
57	Magos y viajeros	245